【阳光阅读】典藏系列

SHI JING

诗经

原著版

《阳光阅读丛书》编委会 著

张辛 主编

黄河出版传媒集团
阳光出版社

图书在版编目(CIP)数据

诗经 /《阳光阅读》丛书编委会编. --银川 : 阳光出版社, 2015.12(2019.8重印)
(阳光阅读 / 张辛主编)
ISBN 978-7-5525-2417-8

Ⅰ. ①诗… Ⅱ. ①阳… Ⅲ. ①古体诗-诗集-中国-春秋时代 Ⅳ. ①I222.2

中国版本图书馆 CIP 数据核字(2016)第 014391 号

阳光阅读 · 诗经 《阳光阅读》丛书编委会 编

责任编辑 刘涛
封面设计 天之赋设计室

黄河出版传媒集团 阳光出版社 出版发行

地　　址 宁夏银川市北京东路 139 号出版大厦(750001)
网　　址 http://www.yrpubm.com
网上书店 http://www.hh-book.com
电子信箱 yangguang@yrpubm.com
邮购电话 0951-5014139
经　　销 全国新华书店
印刷装订 三河市三佳印刷装订有限公司
印刷委托书号 (宁)0014166

开本 880mm×1230mm 1/16
印张 14.5 字数 220 千字
版次 2015 年 9 月第 1 版
印次 2019 年 8 月第 4 次印刷
书号 ISBN 978-7-5525-2417-8
定价 28.00 元

《阳光阅读》丛书主编

张辛，字此夫，北京大学教授，博士生导师，考古学家，文物和书画鉴定家，数获北大优秀教学奖，早年被评为“北大十佳教师”。专著、编著、主编作品十余部，如《国学启蒙金典》、《中华经典诵读》等，学术论文数十篇，如《说左史、右史》等。曾应邀为国图“文津讲坛”、故宫“学术论坛”、国家博物馆“国博讲坛”、央视“百家讲坛”、国家行政学院“大讲堂”等做讲座。近日被国家语委聘为“真语文”总顾问。

《阳光阅读》丛书著译者（部分）

叶圣陶 原名叶绍钧，现代著名作家、教育家、文学出版家和社会活动家，有“优秀的语言艺术家”之称。出版了童话集《古代英雄的石像》《稻草人》以及小说集《隔膜》《火灾》等。短篇小说《藕与莼菜》编入沪教版七年级语文上册第三单元第十八课。

冰　心 原名谢婉莹，是我国第一代儿童文学作家，是著名的中国现代小说家、散文家、诗人、翻译家。著有小说集《超人》，诗集《春水》《繁星》，散文集《寄小读者》《再寄小读者》《三寄小读者》等。

艾　青 原名蒋正涵，中国现代诗人。1933年第一次用艾青的笔名发表长诗。以后陆续出版诗集《大堰河》《火把》《向太阳》《在浪尖上》《光的赞歌》等诗作。其诗作《我爱这土地》《大堰河——我的保姆》被选入人教版中学语文教材。

林海音 原名林含英，中国现代著名女作家。《爸爸的花儿落了》被选为九年义务教育初中七年级语文下册第一单元第二课，《窃读记》被选为义务教育课程人教版小学五年级语文上册第一单元第一课，《迟到》被选为北师大版五年级语文上册第七单元第二课。

张天翼 中国现代著名作家。曾任中央文学讲习所副主任、中国文联委员、中国作协书记处书记、《人民文学》主编等职。代表作有童话《大林和小林》《宝葫芦的秘密》《秃秃大王》，小说《华威先生》《鬼土日记》等。

宋兆霖 中国作家协会会员，著名翻译家。译著有长篇小说《赫索格》《奥吉·马奇历险记》《最后的莫希干人》《间谍》《双城记》《大卫·科波菲尔》《呼啸山庄》《简·爱》《鲁米诗选》等。

阳光阅读

YANGGUANG YUEDU DIANCANGBAN

典藏系列

阅读改变人生

目　录

◎ 风

◎雅

◎ 颂

风

阳光阅读
YANGGUANG YUEDU
DIANCANGBAN
典藏系列
阅读改变人生

周 南

关 雎

关关雎鸠①，在河之洲。窈窕淑女②，君子好逑。 参差荇菜③，左右流之。窈窕淑女，寤寐求之。 求之不得，寤寐思服。悠哉悠哉，辗转反侧。 参差荇菜，左右采之。窈窕淑女，琴瑟友④之。 参差荇菜，左右芼之⑤。窈窕淑女，钟鼓乐之。

【注释】

①关关：形容水鸟雌雄和鸣的象声词。雎（jū）鸠：一种水鸟。②窈窕（yǎo tiǎo）：美好貌。③参差（cēn cī）：长短不齐貌。荇（xìng）菜：水生植物，可以吃。④友：亲爱，友好。⑤芼（mào）：择取。

【译文】

雎鸠关关相对唱，双栖河里小岛上。纯洁美丽好姑娘，真是我的好对象。 长长短短鲜荇菜，左边右边顺流采。纯洁美丽好姑娘，醒着相思梦里爱。 追求姑娘难实现，醒来梦里意常牵。一片深情悠悠长，翻来覆去难成眠。 长长短短鲜荇菜，左边右边不停摘。纯洁美丽好姑娘，弹琴奏瑟表爱怜。 长长短短鲜荇菜，左边右边不停择。纯洁美丽好姑娘，敲钟打鼓取悦她。

【解析】

本篇是《诗经》的第一篇，也是其中最负盛名的代表作。它写的是一个美丽善良的姑娘在河边采择荇菜，引起了一个男子的深深爱慕。诗的第一章写他们的相遇，第二、三章写男子的相思之苦，第四、五章是男子想象中追求成功后的幸福情景，层层推进，而“求之不得”一句，又平添一份波澜曲折，使诗的结构严谨而又不流于单调。再加上赋、比、兴等艺术手法的成功运用，更加确立了《关雎》在中国诗史上的典范地位。

葛 覃

葛之覃兮，施于中谷①，维叶萋萋。黄鸟于飞，集于灌木，其鸣喈喈。 葛之覃兮，施于中谷，维叶莫莫。是刈是濩②，为絺为绤③，服之无斁④。 言告师氏，言告言归。薄污我私，薄浣我衣。害浣害否⑤，归宁父母⑥。

【注释】

①施（yì）：蔓延。②刈（yì）：割。濩（huò）：煮。③絺（chī）：细葛布。绤（xì）：粗葛布。④斁（yì）：厌弃。⑤害（hé）：何。否：不要。⑥归宁：古代指女子回娘家探亲。

【译文】

葛草长又长，延伸到山谷中，叶儿茂盛青苍苍。黄鸟翱翔，群集在灌木丛中，啾啾唧唧地欢唱。 葛草长又长，延伸到山谷中，叶儿茂盛绿汪汪。先割后煮，无论是织成细布还是粗布，穿起它来不厌恶。 告诉女管家，我要告假回家。快搓洗我的衣裳，清洗我的礼服。哪些该洗哪些不洗分清楚，我急着回家看望父母。

【解析】

这是一首写已出嫁女子准备回家探望父母的诗。在当时的社会，已婚女子回娘家探亲是件不容易的事。所以她做了种种准备：采葛煮葛、织成粗细葛布、再做好衣服。在征得公婆的同意后告诉了管家，开始洗衣，整理行装，准备回娘家。全诗充满了快乐的气氛，给人以美的享受。

卷　耳

采采卷耳，不盈顷筐。嗟我怀人，寘彼周行①。 陟彼崔嵬，我马虺隤②。我姑酌彼金罍③，维以不永怀。 陟彼高冈，我马玄黄。我姑酌彼兕觥④，维以不永伤。陟彼砠矣⑤，我马瘏矣⑥。我仆痡矣⑦，云何吁矣。

【注释】

①周行（háng）：大道。②我：诗人想象中丈夫的自称，下同。虺隤（huī tuí）：因疲劳而病。③金罍（léi）：青铜制的酒器。④兕觥（sì gōng）：犀牛角制的大酒杯。⑤砠（jū）：有土的石山。⑥瘏（tú）：马过度疲劳不能行之病。⑦痡（pū）：人过度疲劳。

【译文】

采呀采那卷耳菜，老装不满小浅筐。我思念着那出门的人，将浅筐放在大路旁。 刚登上高高的土山，我的马儿就腿发软。姑且斟杯美酒，以免老是这样思念。 刚登上高高的山冈，我的马儿就双眼昏花。姑且喝杯美酒，以免过度忧伤。刚登上高高的石山，我的马儿就病倒，仆人也累垮了，何等的忧伤！

【解析】

一位采卷耳菜的妇女思念她远行的丈夫，在她想象中丈夫正在崇山峻岭之间艰难跋涉，也正在因为念家而痛苦忧伤。写思妇之情，着墨点却又在丈夫，对丈夫的处境、心情揣摩得那样细致，更反衬出妇人的相思之苦。这种言彼意此、声东击西的手法，产生了新奇的艺术效果，故常为后代诗人所仿效。

桃　夭

桃之夭夭[①]，灼灼其华[②]。之子于归[③]，宜其室家。 桃之夭夭，有蕡其实[④]。之子于归，宜其家室。 桃之夭夭，其叶蓁蓁[⑤]。之子于归，宜其家人。

【注释】

①夭夭：茂盛，生机勃勃的样子。②灼灼：形容桃花鲜艳盛开。③于归：古代指女子出嫁。④有：形容词词头。蕡（fén）：果实硕大的样子。⑤蓁蓁（zhēn）：树叶茂盛的样子。

【译文】

桃树含苞满枝杈，红霞灿烂一树花。这位姑娘来出嫁，夫家和顺又平安。 桃树含苞满枝杈，花儿结果果儿大。这位姑娘来出嫁，夫家和乐又平安。 桃树含苞花似锦，叶儿茂密绿成荫。这位姑娘来出嫁，夫家康乐又平安。

【解析】

这是一首贺新娘的诗。三章皆以桃花起兴，通过对桃花、桃果、桃叶的层进式描写，不仅赞美了新娘容貌的美丽，更暗示了祝福她婚后子息繁盛、家业兴旺的幸福前景。全诗状物工巧，联想丰富，是脍炙人口的名篇。

汉 广

南有乔木①，不可休思②。汉有游女③，不可求思。汉之广矣，不可泳思。江之永矣④，不可方思⑤。 翘翘错薪⑥，言刈其楚⑦。之子于归，言秣其马⑧。汉之广矣，不可泳思。江之永矣，不可方思。 翘翘错薪，言刈其蒌[9]。之子于归。言秣其驹。汉之广矣，不可泳思。江之永矣，不可方思。

【注释】

①乔木：大树。主干明显的树称乔木。②休：依靠、乘凉。休字从人依木。思：语气词。③汉：汉水。长江的主要支流，源于甘肃东南部，流经陕南、豫南、鄂北，在武汉汇入长江。游女：出游的女子。有人说是汉水女神。④江：长江。永：长。⑤方：竹筏。这里作动词用，意为渡过。⑥翘翘（qiáo）：灌木的枝杈丛生突起的样子。错薪：杂乱不齐的柴草。⑦言：句首语助词。刈其楚：砍柴。刈（yì），砍。楚：灌木，一名牡荆。⑧秣（mò）：牲口饲料。这里作动词用，意为喂牲口。⑨蒌（lóu）：水草名，一称蒌蒿。

【译文】

南方有棵大树，不能在树下歇息啊！汉水有位仙女，不能向她求婚呀！汉水这样宽阔啊，实在没法游过啊！长江长得没边呐，要想渡过太难啦！　地里杂草高又高，打柴还得割荆条。姑娘同意嫁给我，赶紧把马喂个饱。汉水这样宽阔啊，实在没法游过啊！长江长得没边呐，要想渡过太难啦！　地里杂草高又高，打柴还得割蒌蒿。听说姑娘要嫁给我，喂饱马驹去追赶！汉水这样宽阔啊，实在没法游过啊！长江长得没边呐，要想渡过太难啦！

【解析】

这是一首情歌，颇有浪漫色彩。诗中用汉水和长江的宽广难渡，比喻爱情难以实现。此诗长歌浩叹，意境辽阔高远；即景取喻，妙如天成；反复吟唱，动人心肺。

召 南

草 虫

喓喓草虫[①]，趯趯阜螽[②]。未见君子，忧心忡忡[③]。亦既见止，亦既觏止[④]，我心则降。 陟彼南山，言采其蕨。未见君子，忧心惙惙[⑤]。亦既见止，亦既觏止，我心则说。 陟彼南山，言采其薇。未见君子，我心伤悲。亦既见止，亦既觏止，我心则夷。

【注释】

①喓喓（yāo）：虫叫声。草虫：指蝈蝈。②趯趯（tì）：虫跳的样子。阜螽：蚱蜢。③忡忡（chōng）：心神不安的样子。④觏（gòu）：遇见。止：语尾助词。⑤惙惙（chuò）：忧郁的样子。

【译文】

喓喓直叫的蝈蝈，蹦来跳去的蚱蜢。见不到夫君，我忧愁得心神不宁。假如哪天见到他，假如能与他相会，我的心就放下了。 登上南山，采摘山上的蕨菜。长久见不到夫君，忧愁得心慌意乱。假如能够见到他，假如能够与他相会，我的心就喜悦了。 登上南山，采山上的薇菜。见不到夫君，我的心悲伤。假如能够见到他，假如能够与他相会，我的苦痛的心才可以平静。

【解析】

这是一首妻子思念丈夫的诗，对思妇的心理活动描写得十分细腻真切。诗中以欢鸣跳跃的秋虫起兴，既暗示了时间已届初秋而伊人未归，又以草虫的自在欢乐反衬思妇的孤单愁烦，充满了浪漫而伤感的气息。

甘棠

蔽芾甘棠[1]，勿翦勿伐，召伯所茇[2]。 蔽芾甘棠，勿翦勿败，召伯所憩[3]。 蔽芾甘棠，勿翦勿拜，召伯所说。

【注释】

①蔽芾：形容树木枝叶小而茂密的样子。芾（fèi）：小树干和小树叶。②召（shào）伯：名虎，姬姓，周宣王时封于“召”，伯爵。茇（bá）：本义草舍，此指露宿。③憩（qì）：休息。

【译文】

棠梨茂密又高大，不要剪它别砍它，召伯曾宿这树下。 棠梨茂密又高大，不要剪它别毁它，召伯曾息这树下。 棠梨茂密又高大，不要剪它别拔它，召伯曾歇这树下。

【解析】

这是一首怀念召伯，颂扬召伯德政的诗。贤臣召伯曾在一棵甘棠树下歇息，人民感念他的恩德，爱屋及乌，对这棵树也吟颂不绝，爱护备至。

行露

厌浥行露，岂不夙夜[①]？谓行多露。 谁谓雀无角[②]！何以穿我屋？谁谓女无家？何以速我狱[③]？虽速我狱，室家不足[④]！ 谁谓鼠无牙，何以穿我墉？谁谓女无家，何以速我讼？虽速我讼，亦不女从[⑤]！

【注释】

①夙夜：天还没有亮的时候，指早起赶路。②角：鸟嘴。③速：召。狱：打官司。④室家：指结婚。⑤女：通“汝”。女从是倒文，即从女。

【译文】

路上的露水湿漉漉，难道不愿起早赶路？怕路上的露水太多。 谁说麻雀没有喙，为什么啄穿了我的屋？谁说你没有妻室，为什么招我上公堂？虽然招我上公堂，结婚的理由不够。 谁说耗子没有牙，为什么穿透我家的墙？谁说你没有妻室，为什么招我上公堂？虽然招我上公堂，也不会把你顺从。

【解析】

一位女子不为强暴所迫，拒绝嫁给她不爱的男子，作此诗回绝那人，以捍卫自己的独立人格和爱情尊严。

殷其雷

殷其雷①，在南山之阳。何斯违斯②？莫敢或遑。振振君子③，归哉归哉！　殷其雷，在南山之侧。何斯违斯，莫敢遑息？振振君子，归哉归哉！　殷其雷，在南山之下。何斯违斯，莫敢遑处④？振振君子，归哉归哉！

【注释】

①殷：雷声。其：衬词，犹今歌曲中的“那个”，无意义。②斯：这。上斯字指时间，下斯字指地点。违：离。③振振：勤奋的样子。君子：这里指主人公的丈夫。④处（chǔ）：居处。

【译文】

轰隆隆震天响的雷，在南山的向阳坡。为什么此时离去，不敢在家有闲暇？辛勤的丈夫，回来吧回来吧！　轰隆隆震天响的雷，在南山的一边。为什么此时离去，不敢在家稍安暇？辛勤的丈夫，回来吧回来吧！　轰隆隆震天响的雷，在南山山脚下。为什么此时离去，不敢在家悠闲度日？辛勤的丈夫，回来吧回来吧！

【解析】

这是一首感伤夫妻离别的诗。在雷声隆隆，大雨即将倾盆而下时，丈夫因公务在身必须离家，妻子无可奈何，只好让丈夫离去。离别时妻子一再嘱咐丈夫早点归来，可见夫妻感情之深厚。

小 星

嘒彼小星①，三五在东。肃肃宵征②，夙夜在公。寔命不同！ 嘒彼小星，维参与昴③。肃肃宵征，抱衾与裯④。寔命不犹！

【注释】

①嘒（huì）：星光微小而明亮。嘒彼：等于叠字嘒嘒。②肃肃：走路很快的样子。宵：夜。征：行。③参（shēn）、昴（mǎo）：都是星名，即指上章“三五在东”的星。④衾：被。裯（chóu）：床帐。⑧不犹：不如。

【译文】

小小星星闪微光，三三五五在东方。急急匆匆赶夜路，早早晚晚为公忙。命运不同徒自伤！小小星星闪微光，参星昴星挂天上。急急匆匆赶夜路，抱着棉被和床帐。人家命运比我强！

【解析】

这是一首小官吏自述辛苦、自叹命薄的怨诗，也有人说是小吏的妻子诉叹丈夫的辛劳的。不论主诉者是谁，都不影响对内容的理解。小吏为生活而连夜去办公事，哀叹命运不好。这首诗有着强烈的哀叹情调。

江有汜

江有汜[①]，之子归[②]，不我以。不我以，其后也悔！　江有渚[③]，之子归，不我与。不我与，其后也处！　江有沱[④]，之子归，不我过。不我过，其啸也歌[⑤]！

【注释】

①汜（sì）：河水由主流分出后再流入主流的支流。②之子：古代妻妾对丈夫的一种称呼。归：归家，回乡。③渚：水中的小洲。④沱：长江的支流。⑤啸也歌：因内心痛苦而发出的且哭且诉悲声。

【译文】

长江上有去而复归的支流，我的丈夫要回故里，不带我回乡把我丢；不带我回乡把我丢，他终要后悔！　长江上有分水的小沙洲，我的丈夫要回故里，不让我相伴；不让我相伴，他以后只有忧愁！长江上有回归的支流，我的丈夫要回故里，不会再来看望我；不会再来看望我，他会因悔恨而痛哭！

【解析】

古代实行一夫多妻制，本诗女主人公就是这个制度的受害者。女主人公可能是一位商人妇，商人返乡时将她遗弃了。她满怀哀怨，写了这首诗，以自我安慰。

邶风

柏舟

泛彼柏舟，亦泛其流。耿耿不寐[①]，如有隐忧。微我无酒，以敖以游。 我心匪鉴，不可以茹。亦有兄弟，不可以据。薄言往愬，逢彼之怒。 我心匪石，不可转也。我心匪席，不可卷也。威仪棣棣[②]，不可选也[③]。 忧心悄悄，愠于群小。觏闵既多[④]，受侮不少。静言思之，寤辟有摽[⑤]。 日居月诸，胡迭而微[⑥]？心之忧矣，如匪浣衣。静言思之，不能奋飞。

【注释】

①耿耿：心中焦灼不安的样子。②威仪：态度容貌。棣棣：安和的样子。③选：通“算”，计算。④觏（gòu）：遇到。闵：忧愁，祸患。⑤辟：抚拍胸脯。有摽：即“摽摽”，捶打的样子。⑥迭：更迭，轮番。微：亏缺，指日蚀、月蚀。

【译文】

漂浮的柏木船，漂浮在那河中流。焦灼不安难入眠，因有忧愁在心头。不是家里没有酒，不是无处可漫游。 我的心并非镜子，不能容忍这苦痛。虽然有兄弟，却不能依靠。若盲目去诉说，必遭他的怒斥。 我的心并非石头，不能随意转动。我的心并非草席，不能随意翻卷。仪容举止有尊严，不能退让又屈从。 我的心里愁闷深，被一群小人怨恨。遭遇的苦难很多，受到的屈辱更不少。静心细想这些，梦醒抚心又捶胸。

太阳啊月亮，为何有时暗无光？心中的忧愁啊，就像一件未洗的脏衣。静心细想这些，恨不能高飞远去。

【解析】

一个贵妇人失去了丈夫的宠爱，受到众妾的欺辱，娘家人也不帮助她，使她处于孤立无援的困苦境地。这首抒发她心中怨愤的诗，幽婉缠绵，含蓄郁结，取得了很高的艺术成就。

绿衣

绿兮衣兮，绿衣黄里①。心之忧矣，曷维其已！ 绿兮衣兮，绿衣黄裳②。心之忧矣，曷维其亡！ 绿兮丝兮，女所治兮。我思古人，俾无訧兮③！ 絺兮绤兮，凄其以风④。我思古人，实获我心！

【注释】

①里：指衣服的衬里。②裳：下衣，形状像现在的裙。古时男女都穿裳。③俾（bǐ）：使。訧（yóu）：过，错误。④凄：凉爽。凄其：即凄凄。

【译文】

绿色衣啊绿色衣，外面绿色黄色里。穿上绿衣心忧伤，不知何时停回忆！　绿色衣啊绿色衣，上穿绿衣下黄裳。穿上绿衣心忧伤，旧情深深怎相忘！　绿色丝啊绿色丝，丝丝是你亲手织。想起我的亡妻啊，遇事劝我无差失。　夏布粗啊夏布细，穿上凉爽又透气。想起我的亡妻啊，样样都合我心意。

【解析】

这是一个男子怀念亡妻的诗。他的妻子虽然逝去，但她亲手为他做的衣裳却还在，睹物怀人，令他感伤不已。

燕　燕

燕燕于飞①，差池其羽②。之子于归③，远送于野。瞻望弗及④，泣涕如雨。　燕燕于飞，颉之颃之⑤。之子于归，远于将之⑥。瞻望弗及，伫立以泣⑦。　燕燕于飞，上下其音⑧。之子于归，远送于南⑨。瞻望弗及，实劳我心⑩。　仲氏任只⑪，其心塞渊⑫。终温且惠⑬，淑慎其身⑭。先君之思，以勖寡人⑮。

【注释】

①燕燕：对小燕子的爱称。于：语助词。②差池：不整齐的样子。指燕子似剪的尾翼而言。③之子于归：《诗经》中的“之子于归”绝大

多数指女子出嫁。但此句似指已嫁女子回娘家。④瞻望：遥看。弗及：指目光追不上行进的速度，实即望不见了。弗，不。及，触到。⑤颉（xié）、颃（háng）：上下翻飞。上飞称“颉”，下飞称“颃”。之：语助词。⑥远于：远远地。于，语助词。将：送。⑦伫立：久站。⑧上下其音：鸣声忽高忽低。上飞则低、下飞则高。⑨南：通“林”，远郊。“远送于南”与“远送于野”对言。郊外称野，野外称林。⑩劳：愁苦。这里作使动用法，使我心忧。⑪仲氏：排行第二的、较小的。任：善良而可信赖。只：语气词。⑫塞：指人实在、诚恳。渊：深，深沉。⑬终……且……：既……又……。温：温和。惠：柔顺。⑭淑慎：善良谨慎。淑，善。⑮先君二句：用“勿忘先君”来勉励我。先君之思，思先君。已死之君称先君。勖（xù），勉励、劝慰。寡人，寡德之人，诗人自称。上古并非只有帝王才能自称寡人。

【译文】

小燕子飞去了，展开她参差的尾翼。妹妹你要回家了，我到郊外去送你。远望背影到不见，泪水扑簌像下雨。　小燕子飞去了，忽而高飞忽而低。妹妹你要回家了，远远送你情依依。远望背影到不见，久久站立泪沾衣。　小燕子飞去了，忽低忽高地哀鸣。妹妹你要回家了，远远送你到荒林中。远望背影到不见，实在叫我心悲痛。　妹妹多让人信任啊，她的心诚实而深远。既温柔又那样谦和，她本性善良而谨慎。她常用“思念先君吧”，来勉励我这不幸的人。

【解析】

这是一首送别诗。但究竟是泛指还是有具体的史实背景呢？如果有史实背景，送与被送者又是谁呢？《诗序》说："《燕燕》，卫庄姜送归妾也。"《左传·隐公三、四年》载："卫庄公娶于齐东宫得臣之妹，曰庄姜，美而无子……又娶于陈，曰厉妫。生孝伯，早死。其娣（戴妫）生桓公（公子完），庄姜以为己子。"又庄公宠姬生公子州吁，深受庄公宠爱，而庄姜恶之。庄公死，公子完立。州吁杀完自立。老臣石碏乘州吁访陈之机，请陈君扣留州吁，派人杀之。《诗序》所谓"庄姜送归妾"，指的就是公子完被杀后，戴妫被迫返回陈国，庄姜送她，写了这首诗。

击　鼓

击鼓其镗[①]，踊跃用兵。土国城漕[②]，我独南行。　从孙子仲[③]，平陈与宋。不我以归，忧心有忡。　爰居爰处[④]？爰丧其马？于以求之？于林之下。　死生契阔，与子成说。执子之手，与子偕老。　吁嗟阔兮[⑤]，不我活兮。吁嗟洵兮[⑥]，不我信兮。

【注释】

①镗（tāng）：击鼓声。②土：在国内服役做土工。城：筑城墙。土、城在这里都用作动词。③孙子仲：卫国世卿，任南征将领。④爰（yuán）处：在何处。⑤阔：离散。⑥洵（xún）：长久。

【译文】

鼓儿擂得咚咚响，生龙活虎练刀枪。修建国都筑漕城，唯独我远征南方。 跟随孙子仲，平定那边的陈和宋。不让我回家，忧心忡忡。何处居住何处歇？何处丢失了马匹？在何处寻找它？在树林之下。 生死离合，与她已山盟海誓。拉住她的手，与她偕老到白头。 可悲呀被分离，不让我们相聚！可悲呀这么长久，不让我们实现诺言！

【解析】

本诗的主人公是一个普通的役卒，他久戍难归，想到家中的妻子，当初他们曾相约白头偕老，可现在他却不知归期，甚至连能否活着回去也不知道。他心中十分悲哀沉痛，怨恨统治者使他不能兑现誓言。

凯 风

凯风自南[①]，吹彼棘心[②]。棘心夭夭，母氏劬劳[③]。 凯风自南，吹彼棘薪。母氏圣善，我无令人。 爰有寒泉[④]，在浚之下。有子七人，母氏劳苦。 晛睆黄鸟[⑤]，载好其音。有子七人，莫慰母心。

【注释】

①凯风：和风。②棘：酸枣树，初发时心赤。③劬（qú）：劳。④爰：发语词。寒泉：在卫地浚邑，水冬夏常冷，故名寒泉。⑤晛睆（xiàn huǎn）：鸟儿婉转的鸣叫声。

【译文】

和风来自南方，吹拂那酸枣树芽。酸枣树芽心嫩又壮，母亲辛苦劳作。和风来自南方，吹拂那酸枣树枝。母亲明达慈善，我们却无出息。

冷又清的寒泉水，在浚邑城下流不停。有儿女七个，母亲劳累辛苦。

美丽的黄鸟，有好听的鸣叫声。有儿女七个，不能慰藉母亲的心。

【解析】

这是一首儿子歌颂母亲并自责没能好好报答她的养育之恩的诗。这首诗影响很大，以至后世常用“凯风”“寒泉”的典故来代表母爱。

雄 雉

雄雉于飞①，泄泄其羽②。我之怀矣③，自诒伊阻④。　雄雉于飞，下上其音。展矣君子⑤，实劳我心⑥。　瞻彼日月，悠悠我思。道之云远，曷云能来⑦？　百尔君子⑧，不知德行。不忮不求⑨，何用不臧⑩！

【注释】

①雉（zhì）：野鸡。于飞：飞了。于，动词词头。诗人用雄雉飞去了起兴，暗示男人远行服役；同时，以毛羽华美的雄雉作比，也表现了女主人公对丈夫的欣赏、爱怜之情。②泄泄：舒缓地扇动翅膀的样子。“泄泄其羽”表示不愿离开雌雉，远飞是被迫的。③怀：思念。④自诒：自己给自己。诒（yí），亦作“遗”，留下。伊（yī），指示代词，此。阻，困苦忧

患。《毛传》:“阻，难也。”⑤展：诚然，确实。⑥劳：忧思、惦念。⑦云：语气助词。⑧百：表总括，相当于“凡”“举凡”。尔：你们。君子：指在位者、当权者。⑨不忮（zhì）不求：不嫉恨别人，不贪求财富、土地、权力。⑩何用：何以，为何。臧，善、好。

【译文】

雄山鸡飞向远方，慢慢地扇动翅膀。我心中的思念啊，从此跟愁苦相傍。　雄山鸡飞向远方，悲鸣声忽高忽低。实在是因为你远去啊，使我心中忧伤焦虑。　仰望那太阳、月亮，我的思念更加绵长。路途是那样遥远啊，什么时候你才能返乡？　你们这群大人啊，不懂得道德修养。如果能不贪求、不嫉恨，做什么不大获荣光！

【解析】

这是一首思妇诗。诗是以妻子的口气写的。诗的前三章写丈夫服兵役，离家远行，妻子殷切地期盼他早日归来，这是一般思妇诗都有的内容。第四章，妻子因思而怨，愤怒指责那些使得夫妻离散的君子们，骂他们不讲德行，一味贪求，造成了人世的苦难。这切中要害的一击，使诗的意义远远超出一般思妇诗的范畴。

匏有苦叶

匏有苦叶[①]，济有深涉。深则厉，浅则揭[②]。　有渳济盈[③]，有鷕雉鸣[④]。

济盈不濡轨，雉鸣求其牡。 雍雍鸣雁[⑤]，旭日始旦。士如归妻，迨冰未泮[⑥]。 招招舟子，人涉卬否[⑦]。人涉卬否，卬须我友。

【注释】

①匏（páo）：葫芦。古人常将干葫芦拴在腰上渡水。②揭（qì）：提起下衣渡水。③有沵：即沵沵，河水满盈的样子。④鷕（yǎo）：雌雉的叫声。⑤雍雍：雁相和声。古代婚嫁用雁做礼物。⑥泮（pàn）：融化。古人结婚多在秋冬两季。⑦卬（áng）：我。

【译文】

匏瓜已干枯了叶，济河大水时也有渡口。水深则脱了衣服过河，水浅则撩起衣服过河。 茫茫一片济水满，咕咕声是野鸡叫。济水虽满不湿车轴，雌野鸡叫寻觅雄偶。 相互和声的是鸣叫的大雁，旭日升起于黎明。汉子若娶妻，要趁冰未消融时。 摇手相招的船夫，人们渡河我停留。人们渡河我停留，我在等我的情郎。

【解析】

秋天到了，正是嫁娶的时节。一个女子站在济水边等待她的未婚夫。河水开始上涨，雉鸡在呼唤着配偶，南来的大雁也鸣唱相和，所有这些活泼生动的景象都只能更加激起她对爱人的思念，她不禁有些焦急，希望他在河水结冰之前就过来迎娶。这首诗巧妙地利用了景物描写来烘托人物的心情，结构布局舒缓有致，于无心处见匠心。

谷 风

习习谷风[①]，以阴以雨。黾勉同心[②]，不宜有怒。采葑采菲[③]，无以下体[④]？德音莫违[⑤]，“及尔同死”。 行道迟迟，中心有违。不远伊迩，薄送我畿[⑥]。谁谓荼苦？其甘如荠。宴尔新昏，如兄如弟。 泾以渭浊，湜湜其沚[⑦]。宴尔新昏，不我屑以。毋逝我梁，毋我发笱[⑧]。我躬不阅，遑恤我后[⑨]。 就其深矣，方之舟之。就其浅矣，泳之游之。何有何亡，黾勉求之。凡民有丧，匍匐救之[⑩]。 不我能慉[⑪]，反以我为仇。既阻我德，贾用不售[⑫]。昔育恐育鞫，及尔颠覆[⑬]。既生既育，比予于毒。 我有旨蓄[⑭]，亦以御冬。宴尔新昏，以我御穷。有洸有溃，既诒我肄[⑮]。不念昔者，伊余来塈[⑯]。

【注释】

①习习：连续不断的大风声。②黾（mǐn）勉：努力。③葑：蔓菁，俗称大头菜。菲：萝卜。④下体：指根部。葑菲的根和茎叶均可食，但根是主要食用部分，茎叶过时即枯萎。这里以根喻德美，以茎叶喻色衰，暗指她丈夫娶妻不取其德，但取其色，色衰即抛弃。⑤德音：指丈夫曾对她说过的好话。⑥畿：门槛。⑦湜湜（shí）：水清的样子。沚：河底。诗人在这里以泾水浊自比，以渭水清喻新人。泾水虽比渭水浊，但河底还是清澈的，以此比喻自己虽貌不如新人，但品德是洁白无瑕的。⑧发：打开。笱（gǒu）：捕鱼的竹篓。⑨遑：空暇。恤：担忧、顾及。⑩匍匐：竭尽全力。⑪慉（xù）：喜好，爱。⑫贾（gǔ）：卖。用：货物。⑬颠覆：指患难。⑭旨：鲜美。蓄：腌的干菜。⑮既：尽，全部。诒：留给。肄

（yì）：劳苦。⑯伊：语首语气词。来：是。塈（jì）：爱。

【译文】

飒飒山谷起大风，天阴雨暴来半空。夫妻勉力结同心，不该怒骂不相容。萝卜蔓菁当菜吃，难道要叶不要根。甜言蜜语莫忘记："和你到死永不分。" 走出家门慢吞吞，脚步向前心不忍。不求远送望近送，谁知只送到房门。谁说苦菜苦无比？在我吃来甜似荠。你有新人多快乐，亲兄亲妹不能比。 渭水入泾泾水浑，泾水虽浑底下清。你有新人多快乐，诬我不洁又不清。别到我的鱼坝去，别把鱼篓胡乱启。今日我已不见容，往后事情难顾及。 好比河水深悠悠，那就撑筏划小舟。好比河水浅清清，那就游泳把水泅。家里有这没有那，尽心尽力为你求。邻居出了灾难事，伏着爬着也去救。 你不爱我倒也罢，不该把我当冤仇。一片好意遭拒绝，好像货物难脱手。以前生活困又穷，患难与共苦经营。如今生计有好转，翻脸把我比毒虫。 我有腌的美咸菜，贮藏起来度寒冬。你有新人多快乐，拿我东西挡困穷。粗声恶气打又骂，还要逼我做苦工。不念昔日情绵绵，往日恩爱一场空。

【解析】

本篇是遭到丈夫遗弃的女子写的诉苦诗。女主人公与丈夫辛苦持家，家境逐渐好转，男的却见异思迁，无情地将她遗弃，另娶新欢。她抚今追昔，心中无限悲怨，却又不忍与这个家诀别。诗歌鲜明地塑造了一个勤劳善良而又柔弱痴情的女子形象，叙事抒情反复低徊，如泣如诉，凄恻愁惨，令人不忍卒读。

式 微

式微，式微[①]，胡不归？微君之故，胡为乎中露[②]！　式微，式微，胡不归？微君之躬[③]，胡为乎泥中[④]！

【注释】

①式：发语词。微：幽暗，指天将黑。②中露：即“露中”。③躬：身体。④泥中：泥水路里。

【译文】

快要晚来快要黑，为啥有家归不得？不为官家去服役，为啥夜行身带露？　快要晚来快要黑，为啥有家归不得？不为养活你官家，为啥浑身滚泥巴？

【解析】

人民为繁重的劳役所苦，一天到晚不得休息，便用辛辣、嘲讽的语言来表达他们对统治者的怨恨。

旄 丘

旄丘之葛兮，何诞之节兮[②]。叔兮伯兮，何多日也？　何其处也？必有与也。何其久也？必有以也。　狐裘蒙戎[③]，匪车不东[④]。叔兮伯兮，靡所与同。　琐兮尾兮，流离之子。叔兮伯兮，褎如充耳[⑤]！

【注释】

①旄（máo）丘：前高后低的山。②诞：通“延”，延长。节：指葛藤的枝节。③蒙戎：蓬松的样子。④匪：彼，指大夫。东：此处作动词，指向东。⑤褎（yòu）：盛服。充耳：一种挂在耳旁的首饰，这里含有双关意义，即“充耳不闻”的意思。

【译文】

旄丘山上的葛藤啊，为什么有那样长的枝节。大夫大臣啊，为什么拖延这么久？　为什么他们安居不出？一定有了伴儿啦。为什么他们拖这么久？一定别有原因。　狐皮大衣毛蓬松，他们的车不向东去。大夫大臣啊，不能与我同心。　流离失所无依靠。大夫大臣啊，充耳不闻假装不知道！

【解析】

这是一首谴责邻国贵族贪生怕死的诗。全诗通过多组对比，严厉谴责了邻国贵族不敢履行一方诸侯领袖的职责和见死不救的卑劣行径。

简　兮

简兮简兮，方将万舞[①]。日之方中，在前上处。　硕人俣俣[②]，公庭万舞。有力如虎，执辔如组。左手执籥[③]，右手秉翟[④]。赫如渥赭[⑤]，公言锡爵！　山有榛，隰有苓[⑥]。云谁之思？西方美人。彼美人兮，西方之人兮！

【注释】

①万舞：在周天子宗庙中演出的一种舞蹈，分文舞和武舞两部分。文舞用野鸡羽毛和籥，武舞用盾牌和板斧。②俣俣（yǔ）：身躯魁梧的样子。③籥（yuè）：古代乐器，形似笛，三孔。④翟（dí）：野鸡尾羽。⑤赫：形容脸色红而有光。渥（wò）：湿润。赭：红土。⑥隰（xí）：低湿的地方。苓：苍耳。

【译文】

鼓儿敲得咚咚响，就要开始万舞啦。太阳中天当顶，他站在前排的上头。　舞师高大又魁梧，公堂前的大庭跳起万舞。强劲有力如猛虎，握住缰绳如丝带。　左手拿籥，右手握雉羽。红光满面如赭涂，卫国君赏给一杯酒。　山中有榛树，阴湿的地方有苍耳。姑娘在思念谁呀？来自西方的美男子！那美男子啊，是来自西方的邻邑人啊！

【解析】

这首诗写一个女子对在卫国宫廷演出万舞的领队舞师的赞美和倾慕。诗的第一章写万舞的准备和开演，第二章写舞蹈的过程和演完受赏，第三章抒发女子对舞师的爱慕和思念。诗中对万舞舞姿的描写，也有助于我们对上古文化史、艺术史的研究。

北　门

出自北门[①]，忧心殷殷[②]。终窭且贫[③]，莫知我艰。已焉哉[④]！天实为之[⑤]，谓之何哉[⑥]！　王事适我[⑦]，政事一埤益我[⑧]。我入自外，室人交遍谪我[⑨]。已焉哉！天实为之，谓之何哉！　王事敦我[⑩]，政事一埤遗我。我入自外，家人交遍摧我[⑪]。已焉哉！天实为之，谓之何哉！

【注释】

①北门：《毛传》："北门，背明向阴。"从北门出来，自然是走向背阳向阴的方向。这象征着时运不好、背时。②殷殷：忧虑重重的样子。殷：大，重。③终……且……：既……又……。窭（jù）：贫穷。窭与贫都是穷困，但所指重点不同，贫重在物质，窭重在精神、身份、地位。④已焉哉：既然这样。⑤实：副词，表确定语气。⑥谓之何：等于"如之何""奈这何"，怎么办，怎么处理。⑦适：同"擿（zhì）"，仍。⑧一：全部。埤益（pí yì）：增加，堆砌。埤：厚，重。益：增加。⑨交遍：一个接一个地。交：交互，更迭。遍，周全，全部。谪（zhé）：指责。

⑩敦（duī）：堆，加。⑪遗：加，给。摧：讽刺打击。一说排挤。

【译文】

我从北门走出来，满心郁闷解不开。地位又低又穷困，我的苦处谁理睬。算了吧！老天这样安排，又能怎样对待！　公事全都推给我，行政事务一概推给我。我从外面回到家，家里人还轮番责备我。算了吧！老天这样安排，又能怎样对待！　公事全部交给我，行政事务一概抛给我。我从外面回到家，家里人还轮番挑剔我。算了吧！老天这样安排，又能怎样对待！

【解析】

这是一个官吏诉苦的诗。他大概出生在贵族底层且官位不高，故而主官把一切公事都推给他做。终日辛苦却不得升迁，回家免不了又被家人埋怨。“出自北门，忧心殷殷”活画出了一个典型的小官吏形象，各章副歌那无奈的感叹，更突出了此类人的性格特征。

北　风

北风其凉，雨雪其雱[①]。惠而好我，携手同行。其虚其邪[②]？既亟只且[③]！

北风其喈，雨雪其霏。惠而好我。携手同归。其虚其邪？既亟只且！

莫赤匪狐，莫黑匪乌。惠而好我，携手同车。其虚其邪？既亟只且！

【注释】

①雨雪：下雪。“雨”是动词。雱（páng）：雪花纷纷的样子。②虚：通“舒”。邪：通“徐”。舒、徐都是缓慢而犹豫不决的样子。③亟：同“急”。只且（jū）：语尾助词。

【译文】

北风吹来冷飕飕，大雪纷纷落得久。承你把我当好友，拉着手儿一道走。岂可舒缓又从容？祸乱急迫事严重！　北风刮来彻骨凉，纷纷大雪满天飞。承你把我当好友，拉着手儿一同回。岂可舒缓又从容？祸乱急迫事严重！　狐狸毛色总是红，乌鸦毛色黑又浓。承你把我当好友，拉着手儿上车中。岂可舒缓又从容？祸乱急迫事严重！

【解析】

这是一首诗人偕友人逃难避祸的诗。风雪迷茫，不堪压迫的诗人和友人结伴逃亡，他们号召大家团结，“惠而好我”；一起行动，“同行”“同归”“同车”；并劝告不要迟疑、徘徊，赶快行动。“莫赤匪狐，莫黑匪乌”二句，把“天下乌鸦一般黑”的黑暗统治一针见血地揭示了出来。

静　女

静女其姝[①]，俟我于城隅。爱而不见[②]，搔首踟蹰。　静女其娈，贻我彤管。彤管有炜[③]，说怿女美[④]。　自牧归荑[⑤]，洵美且异。匪女之为美，美人之贻。

【注释】

①静：善良。姝：美好的样子。②爱：通“薆”，隐藏。③炜（wěi）：红而有光泽的样子。④说：同“悦”。说怿，喜爱。女：同“汝”，指彤管。⑤牧：郊外。归：通“馈”，赠送。荑（tí）：初生的柔嫩的白茅。

【译文】

善良姑娘真美丽，约我城楼去幽会。故意藏着逗人找，惹我搔头又徘徊。　善良姑娘真漂亮，送我彤管情意长。彤管鲜红光闪闪，越看越爱心欢畅。　郊外采荑表情爱，嫩芽确实美得怪。不是荑草有多美，只因美人送它来。

【解析】

在约会的时候，女孩子先是顽皮地藏起来，捉弄小伙子；待两人见面后，她又情意绵绵地送给他一根漂亮的红管草。小伙子对这件小礼物爱不释手，因为它是心上人送的。这首诗将少男少女纯洁浪漫的初恋情怀表现得极为生动传神，是三百篇中情诗的佳作。

新台

新台有泚[①]，河水瀰瀰。燕婉之求[②]，籧篨不鲜[③]。 新台有洒，河水浼浼[④]。燕婉之求，籧篨不殄[⑤]！ 鱼网之设，鸿则离之。燕婉之求，得此戚施！

【注释】

①新台：台名。筑在水上的房子称为台。泚（cǐ）：新而鲜明的样子。②燕婉：安和美好。③籧篨（qú chú）：一种病人，缩脖突胸，腰不能弯。今呼之鸡胸一类。④浼浼（měi）：水满平貌。⑤殄（tiǎn）：通“腆”，善。

【译文】

新台明丽又辉煌，河水洋洋流不停。本想嫁个如意郎，却是驼背丑八怪。 新台高大又壮丽，河水不停汪洋洋。本想嫁个如意郎，却是丑得不成样！ 布好渔网把鱼捕，没想蛤蟆掉网中。本想嫁个如意郎，换得驼背丑老公！

【解析】

卫宣公要为自己的长子伋娶一位齐国女子，后来听说此女貌美，宣公便在黄河边新筑一座高台，将她娶来占为己有。卫国人民对宣公劫夺儿媳的乱伦行为十分愤恨，就作了这首诗来讽刺他，将他比作丑八怪。

二子乘舟

二子乘舟，泛泛其景[①]。愿言思子[②]，中心养养[③]。　二子乘舟，泛泛其逝。愿言思子，不瑕有害[④]！

【注释】

①泛泛：飘浮的样子。景：通“憬”，远行。②愿：心愿，指心中所思。③养养：即恙恙，忧思心神不定的样子。④不瑕：不至于。

【译文】

两人同坐小船上，飘飘荡荡向远方。一心想着你们俩，心里不安多忧伤。　两人同坐小船上，飘飘荡荡往远方。一心想着你们俩，愿你们顺利平安。

【解析】

母亲送两个儿子乘舟远行，希望他们一路平安。遥望孤帆远影，渐渐消逝，她的心也被忧伤牵扯着，难以释怀。

鄘　风

墙有茨

墙有茨[①]，不可扫也。中冓之言[②]，不可道也！所可道也[③]，言之丑也！　墙有茨，不可襄也。中冓之言，不可详也！所可详也，言之长也！　墙有茨，不可束也[④]。中冓之言，不可读也！所可读也，言之辱也！

【注释】

①茨（cí）：蒺藜。②中冓（gòu）：宫闱、宫廷内部。③所：若。这句是设问。④束：指打扫干净。

【译文】

墙上蒺藜爬，不可扫掉它。宫廷悄悄话，不可乱传播。如果传出去，丑不可言啊！　蒺藜爬满墙，不可去除它。宫廷悄悄话，不可仔细讲。如果说出来，丑事太多啊！　墙上蒺藜生，不可除尽它。宫廷悄悄话，宣扬可不行。如果说出来，真是难为情啊！

【解析】

卫宣公先是与庶母夷姜通奸，后又劫夺儿媳宣姜于新台。他死后，宣姜又与公子顽通奸，生了五个子女。这些宫廷中的丑事是不能跟外人说的，但真要说起来，却又多得说不完。《墙有茨》就故意用这种神神秘秘、遮遮掩掩的口气，对统治者的秽行进行了含蓄的揭露和辛辣的嘲讽。

君子偕老

君子偕老①，副笄六珈②。委委佗佗③，如山如河④。象服是宜⑤。子之不淑⑥，云如之何！　玼兮玼兮⑦，其之翟也⑧。鬒发如云⑨，不屑髢也⑩。玉之瑱也⑪，象之揥也⑫。扬且之皙也⑬。胡然而天也⑭！胡然而帝也⑮！　瑳兮瑳兮⑯，其之展也⑰。蒙彼绉絺⑱，是绁袢也⑲。子之清扬⑳，扬且之颜也㉑。展如之人兮㉒！邦之媛也㉓！

【注释】

①君子偕老：我要跟你同生共死。君子，妻子对丈夫的尊称。这里等于说“与君子”。②副笄六珈：假发上插着六根装饰着美玉的簪子。副，古代首饰名。笄（jī），簪子。珈（jiā），簪子上的玉饰。③委委佗佗：形容宣姜举止从容，步态优美。④如山如河：形容女主人公举止稳重如山，气度宽宏如河。⑤象服：象，通“襐”，尊贵者所穿的有彩绘的外衣。⑥淑：善。⑦玼（cǐ）：形容玉色鲜润，引申泛指色彩鲜明。⑧翟（dí）：用雉羽（野鸡毛）装饰的女上衣，为王后的服饰。⑨鬒（zhěn）：黑发，厚密的头发。⑩髢（dì）：假发做的髻。⑪

瑱（tiàn）：古代冠冕两侧下垂的玉饰，以丝绳相坠，直到耳边，又叫“充耳”。⑫象之揥（tì）：象牙制作的发簪。揥是一种长簪，可以绾发，也可以搔头。⑬扬：形容颜色之美。皙：皮肤白嫩。⑭胡然：等于说“何耶”，为什么呀。而：若，像。⑮帝：指天帝。⑯瑳（cuō）：义同“玼”，色彩鲜明的样子。⑰展：通“襢”（zhàn），一种贵族妇女穿的薄礼服。用红色或白色的绉纱缝制。⑱蒙：覆盖。⑲绉絺（zhòu chī）：细葛布。绁袢（xiè fán）：贴身内衣。⑳清扬：眉清目秀的样子。㉑颜：额头。这里指容颜美，有光彩。㉒展：乃。㉓邦之媛：倾国倾城的女子。

【译文】

本想跟丈夫白头到老啊，假发上插着六支玉簪，举止大方多安娴。山一样稳重，河一样舒展，彩绘的礼服合身穿。人们说你不贤惠，这可叫我怎么办？　真鲜明啊，真漂亮啊，那雉羽装饰的上衣啊！浓密的黑发像乌云，本用不着假发遮蔽啊。美玉雕成的充耳啊，象牙雕成的发簪哪，白嫩嫩的额头多么宽哪！为什么竟然像天宇呀！为什么竟然像上帝呀！　真鲜艳哪，真鲜艳哪，她那绉纱的单衫啊！纱衫覆盖着那精细的葛布，那是内衣贴身穿哪。你是这样的眉清目秀，宽广的额头多丰满哪！这样美丽的人儿的确是啊，是倾国倾城的仙女呀！

【解析】

《诗序》说这首诗是讽刺卫宣公夫人宣姜的，批评她“淫乱，失事君子之道”。然而，从整首诗来看，可以解释为批评的只有“子之不淑，云如之何”二句，其余篇幅都是在赞颂女主角的美貌出众、风度高雅。余冠英先生认为：“这篇是卫人哀挽卫国夫人的诗，称赞她的美丽，悼惜她的不幸。”

桑 中

爰采唐矣[①]？沬之乡矣。云谁之思？美孟姜矣[②]。期我乎桑中，要我乎上宫，送我乎淇之上矣[③]。 爰采麦矣？沬之北矣。云谁之思？美孟弋矣[④]。期我乎桑中，要我乎上宫，送我乎淇之上矣。 爰采葑矣[⑤]？沬之东矣。云谁之思？美孟庸矣。期我乎桑中，要我乎上宫，送我乎淇之上矣。

【注释】

①爰：在什么地方。唐：女萝，蔓生植物。②孟：排行居长。姜：姓，此泛指美人。③淇：淇水，河流名。④弋（yì）：姓。⑤葑：蔓菁。

【译文】

采集女萝去哪方？在那卫国朝歌乡。我的心中想念谁？漂亮大姐本姓姜。约我等待在桑中，邀我相会在上宫，淇水岸上远相送。 采集麦子去哪里？朝歌北面旧邶地。我的心中想念谁？漂亮大姐本姓弋。约我等待在桑中，邀我相会在上宫，淇水岸上远相送。 采集蔓菁去哪里？朝歌东头旧名鄘。我的心中想念谁？漂亮大姐本姓庸。约我等待在桑中，邀我相会在上宫，淇水岸上远相送。

【解析】

一个男子在劳动时思念自己的情人，忆及两人幽会时的美好情景和送别时的依依不舍，心动神驰，回味不已，情不自禁地唱出了这首歌。此诗感情真挚，韵律悠长，节奏感极强，有很强的艺术感染力。

鹑之奔奔

鹑之奔奔，鹊之彊彊[①]。人之无良[②]，我以为兄[③]。 鹊之彊彊，鹑之奔奔。人之无良，我以为君[④]！

【注释】

①彊彊：成双结对。奔奔亦是此义。②人：指下文的兄或君，即诗讽刺的对象。良：善。无良：即无善行。③兄：泛指长辈，诗中以人兄代指人君。④君：君主。

【译文】

鹌鹑双双相随，喜鹊对对齐飞。人不讲道德，怎能做兄长。喜鹊对对齐飞，鹌鹑双双相随。人不讲道德，怎能做君主！

【解析】

卫国宫廷世代淫乱，引起了朝野的强烈不满。有一位贵族大夫，忍无可忍，作了此诗痛斥那伙淫徒，以泄其愤。

定之方中

定之方中，作于楚宫[①]。揆之以日，作于楚室。树之榛栗，椅桐梓漆[②]，爰伐琴瑟。　升彼虚矣，以望楚矣。望楚与堂，景山与京，降观于桑。卜云其吉，终焉允臧[③]。　灵雨既零[④]，命彼倌人。星言夙驾[⑤]，说于桑田。匪直也人，秉心塞渊，騋牝三千[⑥]。

【注释】

①作于：作为。楚宫：楚丘的宫庙。②椅：梧桐一类的树。桐：梧桐。梓（zǐ）：楸一类的树。漆：漆树。③允：信，确实。臧：善，好。“其吉”至“允臧”都是卜辞。④灵雨：好雨。零：雨徐徐而降。⑤星：即披星之意，指早行。夙驾：清早驾车出行。⑥騋（lái）：大马。牝：母马。

【译文】

定星悬挂天中，大兴土木为建楚丘宫庙。观测日影确定方向，大兴土木为建楚丘居室。栽上榛、栗树，还有椅、桐、梓、漆树，待长大砍来做琴瑟。　登上那废墟呀，是为了遥望楚丘呀。遥望楚丘与堂邑，还有景山与京丘。下来观看桑林，占卜说它吉祥，终于确证无灾。　好雨已经落下，命令那个车夫。晴天赶早来驾车，停歇到桑田。那个正直的人，用心诚实深沉，大马、母马养三千。

【解析】

公元前660年，卫国被狄人所灭，少量遗民渡过黄河避难。卫文公即位，率领人民迁至楚丘，在那里重建城市宫室，发展生产。经过多年努力，终于使卫国重新富强起来，这首诗就是歌颂卫文公励精图治、重新建国的功绩的。

相　鼠

相鼠有皮①，人而无仪②。人而无仪，不死何为③？　相鼠有齿，人而无止④。人而无止，不死何俟⑤？　相鼠有体，人而无礼。人而无礼，胡不遄死⑥？

【注释】

①相：看，察。②仪：威仪。庄重有礼的仪容举止。③何为：做什么，有什么价值。④止：通“耻”。一说容止，仪容举止。仪容举止无当也就是不知耻，两说实质相同。⑤俟（sì）：等待。⑥遄（chuán）：迅速。

【译文】

看，连老鼠都有皮，为人岂能没威仪。为人如果没威仪，不死还有啥意义！　看，连老鼠都有牙齿，为人岂能没有羞耻。为人如果没羞耻，现在不死等几时！　看，连老鼠都有躯体，为人岂能不知礼。为人如果不知礼，还不赶快死了去！

【解析】

这是一首政治讽刺诗。诗人以极其痛恨而鄙视的口吻斥责了那些不知礼仪、不知羞耻的小人。《毛传》："无礼仪者，虽居尊位，犹为闇昧之行。"《郑笺》："虽处高显之处，偷食苟安，不知廉耻，亦与人无威仪者同。"可见汉代人已认为诗的矛头是指向那些身居高位的达官显贵的。此诗以老鼠起兴，讽刺意味浓厚，且用语明快简洁，战斗力很强。

干旄

孑孑干旄[①]，在浚之郊[②]。素丝纰之[③]，良马四之。彼姝者子，何以畀之[④]。孑孑干旟[⑤]，在浚之都。素丝组之，良马五之。彼姝者子，何以予之。　孑孑干旌[⑥]，在浚之城。素丝祝之[⑦]，良马六之。彼姝者子，何以告之。

【注释】

①孑孑（jié jié）：旗帜高举的样子。干：旗杆。旄（máo）：旄牛尾

做旗，旄牛即为旌牛。②浚（jùn）：卫地名。③纰（pí）：把旗的边上用线缝好。④畀（bì）：给予。⑤旟（yú）：画有鹰隼的旗。⑥旌（jīng）：用野鸡毛装饰的旗。⑦祝：厚积之状，堆集貌。

【译文】

牛尾之旗高高飘，驾车郊处行如飞。素丝束束理分明，好马四匹后相随。那位忠顺的贤士，拿什么来送给她呀。 鹰纹大旗高高飘，驾车已经在近城。束帛层层织旗上，用好马五匹做前驱。那个美好的人呀，拿什么来送给她呀。 鸟羽旗帜高高飘，走在浚邑的城区。用白丝线把旗边缝好，用好马六匹做前驱。那个美好的人呀，拿什么来送给她呀。

【解析】

这首诗描写了在浚邑举行的一场隆重的迎“宾”礼。《诗序》说这首诗是赞美“卫文公好善贤者”的，但诗中称所迎者时说“彼姝者子”，而“姝”字一般是用来赞美女性的，故从宋代以来，多数解诗者都认为这是一首贵族迎亲诗。

载 驰

载驰载驱，归唁卫侯。驱马悠悠，言至于漕。大夫跋涉[①]，我心则忧。 既不我嘉，不能旋反[②]。视尔不臧，我思不远。既不我嘉，不能旋济。视尔不臧，我思不閟[③]。 陟彼阿丘，言采其蝱[④]。女子善怀，亦各有行。许人尤之，众稚且狂。 我行其野，芃芃其麦[⑤]。控于大邦，谁因谁极[⑥]？ 大夫君子，无我有尤。百尔所思，不如我所之。

【注释】

①大夫：指追到卫国拦阻许穆夫人的许国诸臣。②旋：回返。反：同“返”。③閟（bì）：闭塞行不通。④蝱（máng）：贝母，一种药草。⑤芃芃（péng）：茂盛。⑥极：至。这里指来救援。

【译文】

赶着马车快快走，回国慰问我卫侯。挥鞭驱马路悠悠，望见漕邑城门楼。许国大夫急急来，知他来意我心忧。 对我归卫都摇头，我可不能往回走。比起你们没良策，我的计划近可求。对我归卫都反对，决不渡河再回头。比起你们没良策，我的计划有效果。 登上那边高山冈，采来贝母治忧伤。女子虽然多想家，自有道理和主张。许国大夫反对我，既是幼稚又愚妄。 走在祖国田野上，麦苗蓬勃长得旺。赶快奔告求大国，依靠齐人来救亡！ 许国大夫众高官，不要再把我阻挡。你们纵有百条计，不如我跑这一趟！

【解析】

这是一首著名的爱国诗篇，作者许穆夫人是我国历史上最早的女诗人。她是卫女，嫁给许穆公作夫人。卫国被狄人所灭，遗民在宋国的帮助下渡过黄河，在漕邑安顿下来，立戴公为君，戴公立一月而死，其弟文公继位。文公之妹许穆夫人奔往漕邑吊唁，并为卫国提出求援于大国的计划。可是许国人却反对她的行动，并对她进行阻拦，她对此感到非常愤怒和忧伤，就作了这首诗。

卫 风

淇 奥

瞻彼淇奥，绿竹猗猗。有匪君子[①]，如切如磋，如琢如磨。瑟兮僩兮[②]，赫兮咺兮[③]。有匪君子，终不可谖兮[④]。 瞻彼淇奥，绿竹青青[⑤]。有匪君子，充耳琇莹，会弁如星[⑥]。瑟兮僩兮，赫兮咺兮。有匪君子，终不可谖兮。 瞻彼淇奥，绿竹如箦。有匪君子，如金如锡，如圭如璧。宽兮绰兮，猗重较兮[⑦]。善戏谑兮，不为虐兮。

【注释】

①匪：假借为“斐”，形容才华。②瑟：假借为“璱”，矜持庄严的样子。僩（xiàn）：威武的样子。③赫：光明的样子。咺（xuān）：假借为“烜”，心胸坦白开阔貌。④终：永久。谖（xuān）：假借为萱，忘记。⑤青青（jīng）：茂盛的样子。⑥会（kuài）：皮帽两缝相合的地方。弁（biàn）：皮帽。⑦猗：假借为“倚”，依靠。重较：古代车上的横木，供人扶靠。

【译文】

望那淇水岸蜿蜒，绿色的竹子修长。有文采的君子，似象牙骨器经过切磋，像玉石经过琢磨。庄重呀威武，光明呀磊落。有文采的君子，永远不会被忘记呀。　望那淇水岸蜿蜒，绿色的竹林葱葱。有文采的君子，塞耳美石光润，缀在帽上的玉恍若星辰。庄重呀威武，光明呀磊落。有文采的君子，永远不会被忘记呀。　望那淇水岸蜿蜒，绿色的竹林密如床席。有文采的君子，像赤金白锡，似方圭圆璧。宽宏呀温和，像可靠的车上扶手。喜欢说笑呀，却从不刻薄伤人。

【解析】

本诗女主人公所爱的是一位贵族，他才貌双全，品德高尚，善于风趣调笑，却又不涉猥亵，是个让人难忘的君子。

硕　人

硕人其颀①，衣锦褧衣②。齐侯之子，卫侯之妻，东宫之妹，邢侯之姨，谭公维私。　手如柔荑，肤如凝脂，领如蝤蛴③，齿如瓠犀④，螓首蛾眉⑤。巧笑倩兮，美目盼兮。　硕人敖敖，说于农郊⑥。四牡有骄，朱幩镳镳⑦，翟茀以朝⑧。大夫夙退⑨，无使君劳。　河水洋洋，北流活活。施罛涉涉⑩，鳣鲔发发，葭菼揭揭。庶姜孽孽，庶士有朅。

【注释】

①颀（qí）：身材修长。②褧（jiǒng）衣：麻纱罩衫，路途中所穿，以蔽尘土。③蝤蛴（qiú qí）：天牛的幼虫，身长而白。④瓠犀：葫芦籽。

⑤螓（qín）：虫名，似蝉而小，前额宽而方正。蛾：蚕蛾，触须细长而弯曲。⑥说（shuì）：停车休息。⑦朱幩：马嚼两旁的铁饰，用红绸缠裹。镳镳（biāo）：盛美的样子。⑧翟（dí）：长尾野鸡。茀（fú）：遮蔽女车的竹制屏障。周天子及诸侯以野鸡毛装饰车茀。⑨夙：早。⑩罛（gū）：鱼网。濊濊（huò）：鱼网入水声。鳣（zhān）：长鲤鱼。鲔（wěi）：鲤一类的鱼。发发（bō）：鱼尾甩动声。葭（jiā）：芦苇。菼（tǎn）：荻草。揭揭：芦荻修长的样子。朅（qiè）：威武健壮。

【译文】

高高身材一美女，身穿锦服罩单衣。她本齐侯千金女，嫁给卫侯做娇妻，本是太子同胞妹，邢侯称她小姨子，谭公原是她姊婿。 细如白茅嫩手指，皮肤润泽似凝脂，脖颈白皙像蝤蛴，牙比瓠籽还整齐，额角方正蛾眉细。嫣然巧笑两酒窝，秋水一泓转眼时。 美人身材长得高，停车休息在近郊。四匹雄马肥又壮，马嚼边上飘红绡，雉羽采车来上朝。大夫朝毕请早退，别教卫君太辛劳。 河水一片白茫茫，哗哗奔流向北方。撒开渔网呼呼响，鳣鲔泼泼跳进网，芦荻高高排成行。陪嫁姑娘个子高，随从媵臣好雄壮！

【解析】

这是一首赞美卫庄公夫人庄姜的诗。诗的第二章中对女性的美的描写，铺张夸饰，精确传神，堪称妙绝，对后世这一题材的文学作品影响极大。

氓

氓之蚩蚩，抱布贸丝[1]。匪来贸丝，来即我谋。送子涉淇，至于顿丘。匪我愆期[2]，子无良媒。将子无怒[3]，秋以为期。　乘彼垝垣[4]，以望复关。不见复关，泣涕涟涟。既见复关，载笑载言。尔卜尔筮[5]，体无咎言。以尔车来，以我贿迁。　桑之未落，其叶沃若[6]。于嗟鸠兮，无食桑葚[7]。于嗟女兮，无与士耽。士之耽兮，犹可说也。女之耽兮，不可说也。　桑之落矣，其黄而陨[8]。自我徂尔，三岁食贫[9]。淇水汤汤[10]，渐车帷裳[11]。女也不爽，士贰其行。士也罔极，二三其德。　三岁为妇，靡室劳矣。夙兴夜寐，靡有朝矣[12]。言既遂矣，至于暴矣。兄弟不知，咥其笑矣[13]。静言思之，躬自悼矣。　及尔偕老，老使我怨。淇则有岸，隰则有泮[14]。总角之宴[15]，言笑晏晏。信誓旦旦，不思其反。反是不思[16]，亦已焉哉！

【注释】

①氓（méng）：流亡者。蚩蚩（chī）：嘻笑的样子。贸：交换。②愆（qiān）：过期。③将（qiāng）：请求。④乘：登上。垝垣（guǐ yuán）：毁坏残缺的土墙。⑤卜：卜卦。用火烧龟甲，看甲上的裂纹以判断吉凶。筮（shì）：用蓍（shī）草排比推算来占卦。⑥沃若：形容树叶的润泽柔嫩。⑦葚（shèn）：桑椹，桑树的果实。相传斑鸠吃桑椹过多会醉倒。⑧陨（yǔn）：落下。⑨三岁：多年。“三”是虚数，言其多。⑩汤汤（shāng）：水势盛大的样子。⑪渐：浸湿。帷裳：女子所乘车辆的车厢

两旁的饰物。⑫靡有朝矣：指不是某一天才这样，而是天天这样。⑬咥（xì）：哈哈大笑。⑭隰（xí）：低湿的地。泮：涯岸。⑮总角：古代男女未成年时，把头发扎成两小辫。这里代指童年。宴：安乐。⑯反：违反。是：这，指当初的誓言。不思：想不到。

【译文】

流浪小伙笑嘻嘻，抱着布匹来换丝。不是真心来换丝，找我商量婚姻事。送你渡过淇水去，直到顿丘才告辞。并非我想误佳期，你无良媒失礼仪。请你不要发脾气，深秋时节作婚期。　登上那堵残土墙，遥望复关盼情郎。望穿秋水人不见，心中焦急泪汪汪。既见郎从复关来，有笑有说心欢畅。龟甲蓍草你去占，卦没凶兆求神帮。拉着你的车子来，把我嫁妆往上装。　桑叶未落密又繁，柔嫩润泽真好看。唉呀斑鸠小鸟儿，见了桑椹别嘴馋。唉呀年轻姑娘们，见了男人别迷恋。男人要把女人缠，说甩就甩他不管。女人若是恋男人，撒手摆脱难上难。　桑叶萎谢飘落净，枯黄憔悴任凋零。自从我到你家来，多年吃苦受寒贫。淇水滔滔送我回，溅湿车帷冷冰冰。我做妻子没过错，是你男人太无情。真真假假没定准，三心二意话难凭。　结婚多年守妇道，我把家事一肩挑。起早睡晚勤操劳，累死累活非一朝。家业有成已安定，面目渐改施残暴。兄弟不知我处境，见我回家哈哈笑。静思默想苦难言，只有独自暗伤悼。

与你偕老当年话，这样到老使我怨。淇水虽宽有堤岸，沼泽虽阔有边涯。回想年少未嫁时，一言一笑多温雅。海誓山盟犹在耳，谁料翻脸变冤家。违背誓言你不顾，那就从此算了吧！

【解析】

这是一首著名的弃妇诗。它按时间顺序，记录了一个勤劳善良的女子的不幸婚姻的全过程。第一、二章写恋爱结婚，第三章追悔自陷情网，第四、五章写男方对自己的负心、虐待，直至最后遗弃，第六章再一次倾吐自己的怨恨，并表示了决绝的态度。在艺术上，融抒情于叙事之中，字字含悲，行行血泪，具有极强的震撼力。在诗歌题材、体裁的开拓上，也有着极为重要的贡献。

竹竿

籊籊竹竿①，以钓于淇。岂不尔思？远莫致之。 泉源在左②，淇水在右。女子有行，远兄弟父母。 淇水在右，泉源在左。巧笑之瑳③，佩玉之傩④。 淇水滺滺⑤，桧楫松舟。驾言出游，以写我忧。

【注释】

①籊（tì）：长而细的样子。②泉源：水名。在朝歌城西北，东南流与淇水合。左：古人以北为左，以南为右。③瑳（cuō）：玉色洁白鲜亮的样子。这里指巧笑露齿，齿白如玉。④傩（nuó）：指女子身上挂着佩玉，走起路来，腰身婀娜而有节奏。这四句系作者回忆过去。⑤滺滺（yóu）：水流的样子。

【译文】

竹竿细又长，钓鱼在那淇水上。怎能不思念旧地，只是路远没法到。泉源位于左方，淇水位于右方。姑娘出嫁，远离兄弟父母。　淇水位于右方，泉源位于左方。乖巧的笑容真美丽，佩玉摇摆有致。　淇水哗哗地流，桧木的浆松木的船。驾着船儿呀去出游，以排遣我心中的忧愁。

【解析】

这首诗说的是一个卫国女子出嫁远离故乡、思念家乡的诗歌。她忆及家乡的河流、少女时出游的情景，忧伤不已，只好划着船出去散心。诗歌以女子的思绪为线索，时真时幻，时思时忆，跳跃性极强，却又能将结构组织得十分严整，层次井然，加之语句跳跃，风致嫣然，诚属一篇不可多得的佳作。

河　广

谁谓河广？一苇杭之①。谁谓宋远②？跂予望之③。　谁谓河广？曾不容刀④。谁谓宋远？曾不崇朝⑤。

【注释】

①杭：通“航”，渡。②宋：周诸侯国名，子姓。地居今河南东部及鲁、皖、苏交界处，都商丘。③跂：踮起脚跟。④曾：语气副词，竟、乃。刀：后世写作“舠”“舠”，小船。⑤崇：通“终”。

【译文】

谁说黄河太宽阔？抓根芦苇能渡过。谁说家乡太遥远？踮起脚跟能望着。谁说黄河太宽阔？难以容纳小木船。谁说家乡太遥远？回家不用一清早。

【解析】

这是一首游子羁旅思归的诗。宋国人旅居卫国，久久不能返乡，殷切的思念，萦绕心怀。诗虽只有八句，但形象鲜明，急切思归的心境跃然纸上，是一首感人至深的好作品。

伯　兮

伯兮朅兮，邦之桀兮。伯也执殳[①]，为王前驱[②]。　自伯之东，首如飞蓬。岂无膏沐？谁适为容！其雨其雨，杲杲出日[③]。愿言思伯，甘心首疾[④]。　焉得谖草[⑤]？言树之背。愿言思伯，使我心痗[⑥]。

【注释】

①殳（shū）：古代兵器，竹制，形似竿。②前驱：在战车两旁保卫统帅的人。③杲杲（gǎo）：光亮的样子。④甘心：心痛。首疾：头痛。⑤谖草：又名萱草，即金针菜。古人以为这种草可以使人忘忧。⑥痗（mèi）：病。

【译文】

哥哥呀真威武，咱们国家的英雄。哥哥握着殳，为君王冲锋陷阵。 自从哥哥去了东方，我的头发便乱如飘摇的蓬草。不是没有发油，叫我为谁修饰容貌？ 盼下雨盼下雨，却亮堂堂地挂着烈日。一心把我的哥哥想，想得头痛也心甘。 何处能找到忘忧草？将它栽到北边。一心把我的哥哥想，使我的心痛又悲伤！

【解析】

一个女子为自己有一位气概英武、才气杰出的丈夫而自豪，同时却又为他从军久役不归而苦苦思念。由不事梳妆，到头痛，再到得心病，写相思之苦不断深入，生动感人，其手法多为后世闺怨诗所模仿。

木 瓜

投我以木瓜①，报之以琼琚②。匪报也，永以为好也。 投我以木桃③，报之以琼瑶。匪报也，永以为好也！ 投我以木李④，报之以琼玖。匪报也，永以为好也！

【注释】

①投：赠送。木瓜：植物名，落叶灌木，果实如黄金瓜，可供赏玩、食用。②琼：美玉。这里引申为形容玉美。琚：杂佩中的一种玉名。③木桃：植物名，落叶灌木，果实圆形或卵形，味芳香。④木李：植物名，

落叶灌木，又名木梨，果实圆形或洋梨形。

【译文】

她送我的是木瓜，我拿美玉报答她。不仅仅是为报答，是求永久相好呀。 她送我的是木桃，我报她的是琼瑶。不仅仅是为回报，是求彼此永相好呀。 她送我的是木李，我报她的是宝玉。不仅仅是为回礼，是求彼此好到底呀。

【解析】

这是一首男女青年互赠礼物表达爱情的诗。此诗重叠反复，具有浓重的民歌色彩，在艺术上，句式参差形成跌宕有致的韵味，取得声情并茂的效果。

王 风

黍 离

彼黍离离[①]，彼稷之苗。行迈靡靡[②]，中心摇摇[③]。知我者，谓我心忧；不知我者，谓我何求[④]。悠悠苍天，此何人哉？　彼黍离离，彼稷之穗。行迈靡靡，中心如醉。知我者，谓我心忧；不知我者，谓我何求。悠悠苍天，此何人哉！　彼黍离离，彼稷之实。行迈靡靡，中心如噎[⑤]。知我者，谓我心忧；不知我者，谓我何求。悠悠苍天，此何人哉？

【注释】

①黍：小米。离离：庄稼排列得整整齐齐的样子。②行迈：远行。靡靡：走路迟缓。③中心：心中。摇摇：心神不定的样子。④何求：指诗人眷恋家乡故土，徘徊不忍离去，似乎还在寻求什么。⑤噎：咽喉梗塞。这里用来比喻心中郁闷，好像气都透不过来。

【译文】

看那小米满田畴，高粱抽苗绿油油。远行在即难迈步，无限愁思郁心头。知心人说我心烦忧，局外人当我有所求。遥远的老天啊，是谁害我离家走！　看那小米满田畴，高粱穗儿低下头。远行在即难迈步，心中恍惚像醉酒。知心人说我心烦忧，局外人当我有所求。遥远的老天啊，是谁害我离家走！　看那小米满田畴，高粱结实不胜收。远行在即难迈步，心口如噎真难受。知心人说我心烦忧，局外人当我有所求。遥远的老天啊，是谁害我离家走！

【解析】

周人东迁后，有一位周大夫行役经过西周故都，看到以前的宗庙宫室尽毁，成了种满黍稷的庄稼地。他感慨今昔，想到周室的颠覆，不禁十分忧伤，彷徨而不忍去，故作了这首诗。此诗风格苍凉浓郁，一往情深，低徊无限，是凭吊诗中的绝唱，对后世影响极大，后人便用“黍离”一词来专指对故国的忧伤怀念之情。

君子于役

君子于役①，不知其期②。曷至哉？鸡栖于埘③，日之夕矣，羊牛下来。君子于役，如之何勿思！　君子于役，不日不月。曷其有佸④？鸡栖于桀，日之夕矣，羊牛下括⑤。君子于役，苟无饥渴？

【注释】

①君子：妻子对丈夫的称呼。于役：往他处服役。②其期：指服役的期限。③埘（shí）：在墙上挖洞砌泥筑成的鸡窝。④有：又。佸（huó）：聚会，指与丈夫团聚。⑤括：到来。“下括”与上章“下来”同

义。

【译文】

丈夫去服役，不知道服役的期限。何时才能回家呢？鸡归窝里，太阳落西山，牛羊下山归圈。丈夫去服役，怎能不让我挂念。　丈夫去服役，没日没月。何时才能回家团圆？鸡歇在架上，太阳落西山，牛羊下山聚在圈里。丈夫去服役，但愿他莫缺水来莫缺粮。

【解析】

丈夫长年在外服役，在家劳作的妻子倍感孤寂。特别是每当日落黄昏之时，她看见鸡儿进窝、牛羊回栏，想到丈夫却不能回自己的家，就思怨更切。诗中对黄昏景象的描写与女主人公缠绵怅惘的心境水乳交融，成为我国古典文学中的经典画面，感人至深，妙绝千古。

兔爰

有兔爰爰[①]，雉离于罗。我生之初，尚无为。我生之后，逢此百罹[②]。尚寐无吪[③]。　有兔爰爰，雉离于罦[④]。我生之初，尚无造。我生之后，逢此百忧，尚寐无觉。　有兔爰爰，雉离于罿[⑤]。我生之初，尚无庸。我生之后，逢此百凶，尚寐无聪。

【注释】

①爰爰：自由自在的样子。②罹（lí）：同"罹"，遭遇。③尚：犹，还。寐：睡。无吪（é）：不动。④罦（fú）：一种装设机关的网。⑤罿（chōng）：捕鸟网。

【译文】

有只兔子逍遥自在，而野鸡却撞进罗网。当我初生时，还没有兵役。待我生出后，遇到这各种灾难，还不如睡着闭嘴不言。 有只兔子逍遥自在，而野鸡却撞进兽网。当我初生时，还没有迁都。待我生出后，遇到这各种忧愁，还不如睡着合眼不看。 有只兔子逍遥自在，而野鸡却撞进鸟网。当我初生时，还没有劳役。待我生出后，遇到这各种凶祸，还不如睡着塞耳不闻。

【解析】

这是一首感慨乱世的作品。诗人不幸生于乱世，战祸频繁、政治混乱、劳役繁重，民众敢怒而不敢言，诗人深觉愤懑，又无可奈何。诗以傍地走的兔子刚刚脱网而逃，高飞的雉鸡却陷入罗网起兴，象征乱世中罗网四设，越是清高的人越难以逃脱。

采 葛

彼采葛兮[①]，一日不见，如三月兮！ 彼采萧兮[②]，一日不见，如三秋兮！ 彼采艾兮[3]，一日不见，如三岁兮！

【注释】

①葛：葛藤，其皮可制纤维织夏布。②萧：植物名，蒿类，古人祭祀时所用。③艾：植物名，其叶可供药用和针灸用。

【译文】

那采葛的人儿啊，一天看不到，犹如三月未曾见面呀！ 那采蒿的人儿啊，一天看不到，犹如三秋未曾见面呀！ 那采艾的人儿啊，一天看不到，犹如三年未曾见面呀！

【解析】

一个男子在思念他那从事采集劳动的女友。这种热恋中的牵挂是如此的强烈，以至于一天没有见着她，好像隔了三个月，甚至三年一样。诗中的这种夸张手法十分贴切地传达出情人之间那种片刻也不愿分离的深深的依恋，到今天，“一日不见，如隔三秋”已成了所有人都熟悉的成语。

大车

大车槛槛[1]，毳衣如菼[2]。岂不尔思？畏子不敢。 大车啍啍[3]，毳衣如璊[4]。岂不尔思？畏子不奔。 穀则异室，死则同穴。谓予不信，有如皦日。

【注释】

①大车：贵族坐的车子。槛槛（kǎn）：车行声。②毳（cuì）衣：用兽毛织成，上绣五彩花纹的衣裳。菼（tǎn）：初生的芦荻。③啍啍（tūn）：车子缓慢地行走。④璊（mén）：红颜色的玉。

【译文】

大车驶过声坎坎，毛衣青翠色如菼。难道是我不想你？怕你犹豫还不敢。　大车驶过慢吞吞，毛衣殷红色如璊。难道是我不想你？怕你犹豫不私奔。　活着不能同房住，死后但愿同穴埋。别说我话难凭信，天上太阳来作证！

【解析】

诗中女主人公与一位小伙子相爱，想争取婚姻自由，与男子一同私奔，但又担心男子不够坚定、不敢私奔，因此她指日为誓，表达自己对爱情的忠贞，愿以生死相许。感情浓郁执著，语言大胆直接，动人心魄。

丘中有麻

丘中有麻，彼留子嗟[①]。彼留子嗟，将其来施施。　丘中有麦，彼留子国[②]。彼留子国，将其来食。　丘中有李，彼留之子[③]。彼留之子，贻我佩玖[④]。

【注释】

①留：姓氏，即“刘”之借字。②国：语气助词。③之子：此人，指男人。④贻：赠送。玖：似玉的浅黑石，可以制成佩戴的饰物。

【译文】

小丘上面种苎麻，那人留在田中间。那人留在田中间，愿他高兴走过来。　小丘上面种大麦，那人留在田旁边。那人留在田旁边，愿他快来共进食。　小丘上面苦李生，那人留下不离去。那人留下不离去，他将美玉把我赠。

【解析】

女诗人与一个小伙子在山丘中幽会。第一、二章写她等待他来，第三章写小伙子赠给她佩玉定情。诗歌表现了先民情爱生活的原始朴质。

郑 风

缁 衣

缁衣之宜兮[①]，敝，予又改为兮[②]。适子之馆兮，还，予授子之粲兮[③]。缁衣之好兮，敝，予又改造兮。适子之馆兮，还，予授子之粲兮。缁衣之蓆兮，敝，予又改作兮，适子之馆兮，还，予授子之粲兮。

【注释】

①缁（zī）：黑色。缁衣：古代卿大夫官吏到官署所穿的衣服。②敝：破。为：制作。③粲：鲜，指新衣。

【译文】

黑色朝服多合身，破了，我再给你做一身。你去官署把事办，回来，给你试新装。黑色朝服多美好，破了，我再缝一套。你去官署把公干，回来，给你穿新袍。黑色朝服大又宽，破了，我再做一番。你到官署去办事，回来，给你新衣穿。

【解析】

本诗是一个大夫妻子之辞。她时刻关心着丈夫，他的缁衣破了，她马上提出给他缝一件新的，温存关爱，溢于言表。诗中的一字句，颇具特色，在中国诗史上是有开创性的。

将仲子

将仲子兮[①]，无逾我里[②]，无折我树杞。岂敢爱之？畏我父母。仲可怀也，父母之言，亦可畏也。　将仲子兮，无逾我墙，无折我树桑。岂敢爱之？畏我诸兄。仲可怀也，诸兄之言，亦可畏也。　将仲子兮，无逾我园，无折我树檀。岂敢爱之？畏人之多言。仲可怀也，人之多言，亦可畏也。

【注释】

①将（qiāng）：请求。仲子：伯、仲、叔、季是兄弟姊妹的排行，当时女子多以此称所爱的男子。②逾：翻越。里：古代二十五家为里，这里的“里”指里墙。

【译文】

二哥请你听我讲，不要翻越我里墙，别把杞树来压伤。哪敢吝惜这些树，只怕我的爹和娘。二哥叫我好牵挂，只是爹娘要责骂，想想心里有点怕。　二哥请你听我讲，不要翻过我院墙，别伤墙边种的桑。哪敢吝惜这些树？怕我兄长要张扬。二哥叫我好牵挂，只是兄长要责骂，想想心里有点怕。　二哥请你听我讲，不要翻我后园墙，别让檀树受了伤。

哪敢吝惜这些树？怕人多嘴舌头长。二哥叫我好牵挂，只是别人要多话，想想心里有点怕。

【解析】

本诗反映了宗法社会给自由恋爱造成的痛苦和不幸。女诗人虽深深地爱着她的情人，可是却迫于家庭、社会的压力，只好请他不要再来与自己相会。诗篇反复倾诉，将她那种难以割舍，却又不得不割舍的缠绵凄楚之情神形毕现地描画了出来。

女曰鸡鸣

女曰："鸡鸣。"士曰："昧旦①。""子兴视夜，明星有烂②。""将翱将翔，弋凫与雁③。""弋言加之，与子宜之。宜言饮酒，与子偕老。琴瑟在御，莫不静好④。""知子之来之，杂佩以赠之⑤。知子之顺之，杂佩以问之。知子之好之⑥，杂佩以报之。"

【注释】

①昧旦：天将亮未亮之时。②明星：即启明星。③弋（yì）：古时以生丝作绳，系在箭上射鸟，称为"弋"。凫（fú）：野鸭。④静好：和睦友好。⑤杂佩：古人身上佩戴的饰物。⑥好：爱恋。

【译文】

女子说："雄鸡叫得欢。"，男子说："黎明天快亮了。""你快起来看夜色，启明星儿光闪闪。""我要出去走一走，射些野鸭和飞雁。""射中野鸭野味香，为你做菜请你尝。就菜下酒相对饮，白头到老百年长。弹琴鼓瑟乐陶陶，夫妻美满心欢畅。""你的体贴我了解，送你杂佩志不忘。你的温顺我懂得，送你杂佩表情长。你的爱恋我心知，送你杂佩诉衷肠。"

【解析】

本诗由一对新婚夫妇的对话组成，表现了他们情投意合、互敬互爱的幸福生活。语句清新健康，而又充满柔情蜜意，脱口而出，生动传神。

萚兮

萚兮萚兮[①]，风其吹女。叔兮伯兮，倡予和女[②]。萚兮萚兮，风其漂女。叔兮伯兮，倡予要女[③]。

【注释】

①萚（tuò）：草木脱落的皮叶。②倡：同"唱"。倡予：倒文，即予倡。③要（yāo）：相约。

【译文】

枯叶枯叶往下掉，风儿吹你轻飘飘。弟呀哥呀大家来，我先唱来你和调。　枯叶枯叶往下掉，风儿吹你舞飘飘。弟呀哥呀大家来，我唱你和约明朝。

【解析】

这是一首由女子集体歌唱的恋歌。在某个盛大的节日，男女青年聚会在一起，欢乐歌舞。姑娘们用歌声鼓励小伙子们与她们对歌，更暗示他们要像风席卷落叶一样来追求自己。歌词简洁嘹亮，感情热烈奔放。

褰　裳

子惠思我，褰裳涉溱①。子不我思，岂无他人？狂童之狂也且②！

子惠思我，褰裳涉洧③。子不我思，岂无他士④？狂童之狂也且！

【注释】

①褰（qiān）：提起。溱（zhēn）：郑国河名，在今河南密县。②也且：语气词。③洧（wěi）：郑国河名，也在密县。④士：青年男子。

【译文】

你爱慕我，就该提起裤裙淌过溱水。你不想我，难道就没有别人想我？傻小子你真傻呀！　你爱慕我，就该提起裤裙淌过洧水。你不想我，难道就没有别人想我？傻小子你真傻呀！

【解析】

这首诗写的是一个性格泼辣的女子责备男友的话，表达了她对爱情的达观态度。很多人把这首诗理解为女子对爱人的戏谑之词，似乎更饶有情趣。

风 雨

风雨凄凄，鸡鸣喈喈[①]。既见君子，云胡不夷[②]？ 风雨潇潇[③]，鸡鸣胶胶。既见君子，云胡不瘳[④]？ 风雨如晦[⑤]，鸡鸣不已。既见君子，云胡不喜？

【注释】

①喈喈（jiē）：鸡叫声。②云：发语词。胡：为什么。夷：平。③潇潇：风雨猛急的样子。④瘳（chōu）：病愈。⑤如：而。晦：天色昏暗。

【译文】

风雨冰凉，鸡叫咕咕。已经见到郎君，还有什么不如意？ 风雨急骤，鸡叫咯咯。已经见到郎君，还有什么病不好？ 风雨昏暗，鸡叫不停。已经见到郎君，还有什么不高兴？

【解析】

在一个风雨晦暝的日子里，一个女子在家中孤闷不已。正在这时，她的丈夫突然回来，她喜出望外，欣然唱出了这首歌。诗篇巧妙地利用了对自然环境的着力渲染，更加反衬出了女子前后心情的急剧变化，因此那一份突至的惊喜，也给读者留下了极深的印象。

子衿

青青子衿①，悠悠我心②。纵我不往，子宁不嗣音？　青青子佩，悠悠我思。纵我不往，子宁不来？　挑兮达兮③，在城阙兮④。一日不见，如三月兮。

【注释】

①衿（jīn）：今作“襟”，衣领。②悠悠：忧思不断的样子。③挑、达：独自来回走着的样子。④城阙：城门两边的观楼。

【译文】

你的衣领色青青，我心惦记总不停。纵然我没去找你，你为何就不能捎个音信？　你的佩带色青青，我心思念总不停。纵然我没去找你，你为何就不能主动前来？　独自徘徊影随形，城门楼上久久等。只有一天没见面，好像隔了三月整。

【解析】

这是一首优秀的爱情诗，说的是一个女孩子埋怨情人不但不来看自己，而且连个信儿也不捎，致使她等得心焦。全诗的韵律和谐优美，感情缠绵真挚，千百年以来，为人们所竞相传唱。

出其东门

出其东门，有女如云。虽则如云，匪我思存。[①]缟衣綦巾，[②]聊乐我员。[③] 出其闉阇，[④]有女如荼。[⑤]虽则如荼，匪我思且。[⑥]缟衣茹藘，[⑦]聊可与娱。

【注释】

①匪：非。思存：思之所存，思念的对象。②缟（gǎo）衣：白色上衣。缟，白色丝绢，引申为白。綦（qí）巾：苍艾色的佩巾。《诗集传》："綦，苍艾色。"③乐我：使我快乐。员（yún）：通"云"，语气词。④闉阇：（yīn dū）瓮城的城门，也可泛指城门。⑤荼（tú）白茅或芦苇的白花。《诗集传》："荼，茅华轻白可爱者也。"⑥且（cú）：通"徂"，《尔雅·释诂》："徂，在，存也。""思且"等于"思存"。⑦茹藘（rú lǘ）：本义为茜草，根可以作绛红色的染料。这里是"茹藘巾"的省文，指绛红色的佩巾。

【译文】

信步走出城东门，美女多得像彩云。虽然美女多如云，不是我思念的人。素白的上衣绿佩巾，才能使我乐开怀啊。 信步走出那瓮城，美女多如芦花丛。虽然多如芦花丛，不在我的心目中。上衣素白佩巾红，跟她做伴乐融融。

【解析】

这是一首情歌。歌是一位专情男子的自白，面对东门外如云的美女，他表示自己决不动摇，只爱自己心仪已久的缟衣（象征素洁雅丽）女子。《诗序》认为是“闵乱”之作，说世乱则“人思保其家”，前人早已指出“诗绝无此意”。还有人认为此诗是借男女之情来写朋友之交的，也是把诗义可能的引申当成了诗义本身。

野有蔓草

野有蔓草，零露漙兮①。有美一人，清扬婉兮②。邂逅相遇③，适我愿兮。 野有蔓草，零露瀼瀼④。有美一人，婉如清扬。邂逅相遇，与子偕臧。

【注释】

①零：落下。漙（tuán）：露水盛多的样子。②清扬：眉清目秀。婉：美好。③邂逅（xiè hòu）：不期而会。④瀼瀼（ráng）：露浓的样子。

【译文】

野外生长茂密的绿草，落下的露水圆又亮。有个美丽的人儿，眉目清秀好妩媚。赶个巧儿碰见她，正合我的心愿。　野外生长茂密的绿草，落下的露水白茫茫。有个美丽的人儿，妩媚而眉目清秀。赶个巧儿碰见她，与她幽会两心欢。

【解析】

为保持社会稳定和繁育人口，春秋时代的统治者们规定，每年仲春，把超龄而未婚的男女会聚在一起，让他们自由挑选结合。本诗的男主人公就在一次野外的集会上挑到了一个眉清目秀的美人，感到十分称心如愿。

齐 风

鸡 鸣

“鸡既鸣矣，朝既盈矣。”“匪鸡则鸣，苍蝇之声[①]。” “东方明矣，朝既昌矣。”“匪东方则明，月出之光。” “虫飞薨薨[②]，甘与子同梦。”“会且归矣，无庶予子憎[④]。”

【注释】

①苍蝇之声：这是男子留恋床笫，对妻子鸡鸣应起的催促用苍蝇之声加以推托。②薨薨（hōng）：虫子群飞声。③会：朝会。且：即将。归：指散朝归去。④庶：庶几，带有希望之意。无庶是“庶无”的倒文。予：同“与”，给予。子：指丈夫。憎：讨厌。

【译文】

“你听公鸡喔喔叫，大家都已去早朝。”“不是什么公鸡叫，那是苍蝇在喧闹。” “你瞧东方已发亮，朝会已经挤满堂。”“不是什么东方亮，那是一片明月光。” “虫声嗡嗡催人睡，但愿一齐入梦乡。”“朝会人们快回啦，别招人厌说短长。”

【解析】

这是一首对话体的诗。主人公是一对夫妇，可能是国君和他的夫人，也可能是大夫和他的妻子。清晨妻子催丈夫起床去上朝，丈夫却贪恋床笫，百般搪塞。对答之间，颇饶情趣。

南 山

南山崔崔[①]，雄狐绥绥[②]。鲁道有荡，齐子由归。既曰归止，曷又怀止？　葛屦五两[③]，冠緌双止[④]。鲁道有荡，齐子庸止。既曰庸止，曷又从止？　艺麻如之何？衡从其亩。取妻如之何？必告父母。既曰告止，曷又鞠止[⑤]？　析薪如之何[⑥]？匪斧不克。取妻如之何？匪媒不得。既曰得止，曷又极止？

【注释】

①南山：齐国山名。崔崔：高大的样子。②绥绥：相跟随的样子。③葛屦：麻布做的鞋。五：通“伍”，同“列”。④緌（ruí）：帽带的下垂部分。⑤鞠：穷，穷欲纵容的意思。⑥析薪：劈柴。古多以“薪”喻婚姻。

【译文】

南山巍巍，公狐狸慢慢走。去鲁国的道路平坦，齐国的女子由此出嫁。既然已经出嫁，为什么还要想念旧情人？　葛布鞋五双，帽带双垂。

去鲁国的道路平坦，齐国的女子由此走了。既然由此走了，为什么又回来了？　种麻如何做？横纵起好田垄。娶妻子如何做？必须告诉给父母。既然告诉了，为什么还要让她放荡妄为？　劈柴如何做？非要用斧头不行。娶妻子如何做？非请媒人不成。既然已经娶到家，为什么还让她淫乱？

【解析】

这是讽刺齐襄公与其妹文姜淫乱的诗。文姜嫁给鲁桓公之前就与哥哥通奸。后来鲁桓公不顾大臣劝阻，在与齐襄公会盟时带夫人文姜同行，结果文姜又与襄公私通。鲁桓公责备她，她就把这件事告诉了襄公，襄公便派人害死了桓公。人民对这件丑事十分憎恨，便作了这首诗。

卢　令

卢令令①，其人美且仁。　卢重环，其人美且鬈②。　卢重鋂③，其人美且偲④。

【注释】

①卢：黑色猎狗。令令：象声词，狗颈下套环的声响。②鬈（quán）：勇壮。③重鋂（méi）：一个大环，套上两个小环。④偲（cāi）：多才。

【译文】

猎狗颈上铃当响，那人漂亮好心肠。 猎狗两环套颈上，那人勇壮又漂亮。 猎狗颈上套双环，那人又美又能干。

【解析】

这是一首赞诗，赞美一位带狗行猎的人，说他仁爱、漂亮、有才能。《诗序》说这首诗是讽刺齐襄公只好田猎、不修民事的。从诗的本文完全看不出这层意思。这首诗最值得注意的是它的形式：它是《诗经》中最短的诗之一，总共只有六句；它也是《诗经》中每章句数最少的诗，一章只有两句。这首诗极富音乐性，三章换三韵，节奏轻快，声韵铿锵，唱起来一定极其动听。

魏 风

陟 岵

陟彼岵兮[①]，瞻望父兮。父曰："嗟！予子行役，夙夜无已。上慎旃哉[②]，犹来无止！"[③] 陟彼屺兮[④]，瞻望母兮。母曰："嗟！予季行役，夙夜无寐。上慎旃哉，犹来无弃！" 陟彼冈兮，瞻望兄兮。兄曰："嗟！予弟行役，夙夜必偕。上慎旃哉，犹来无死！"

【注释】

①陟（zhì）：登。岵（hù）：有草木的山。②上：同"尚"，庶几，表示希望。旃（zhān）："之焉"的合音。③犹来：还是归来。④屺（qǐ）：没有草木的山。

【译文】

登上草木茂密的山啊，遥望父亲啊。父亲说："唉，我儿远行服役，昼夜不停。望你小心保平安，服完劳役早回来。" 登上光秃秃的山啊，遥望母亲啊。母亲说："唉，我小儿远行服役，昼夜不能歇息。望你小心保平安，别把爹娘弃一旁。" 登上低平的山脊啊，遥望哥哥啊。哥哥说："唉，我的弟弟远行服役，昼夜与同伴相伴。望你小心保平安，还要回来别死在他乡。”

【解析】

这是服役在外的征夫思念家中亲人的诗。一位征人登高远望家乡，想念家中的亲人。他好像听见了父母兄弟对自己的叮咛嘱咐，希望他活着回去。那深情的怜爱之语，竟是说得这样的惨切忧伤，令人肝肠寸断，不忍卒读。

十亩之间

十亩之间兮，桑者闲闲兮①，行与子还兮②。　十亩之外兮，桑者泄泄兮③，行与子逝兮。

【注释】

①闲闲：宽闲貌。②行：且，将。③泄泄（yì yì）：人多的样子。

【译文】

十亩桑林的中间啊，采桑的姑娘悠闲啊，将同你回去啊。　十亩桑林之外啊，采桑的姑娘结成群啊，将同你回去啊。

【解析】

这是一首采桑女子呼伴同归时唱的歌。此诗仅两章六句，却描绘出春日林间采桑女子忙碌采桑，以及辛勤劳动后结伴归家的情景。因为在儒家的理想国中，一夫有田百亩，而此诗只说“十亩之间”云云，《诗序》便认为这是一首“刺时”的诗，“言其国削小，民无所居焉”，显然是很牵强的。朱熹认为“贤者不乐仕于朝，而思与其友人归于农圃”也缺乏依据。

伐檀

坎坎伐檀兮[①]，置之河之干兮[②]，河水清且涟猗[③]。不稼不穑[④]，胡取禾三百廛兮[⑤]？不狩不猎，胡瞻尔庭有县貆兮[⑥]？彼君子兮，不素餐兮！坎坎伐辐兮，置之河之侧兮，河水清且直猗[⑦]。不稼不穑，胡取禾三百亿兮[⑧]？不狩不猎，胡瞻尔庭有县特兮？彼君子兮，不素食兮！ 坎坎伐轮兮，置之河之漘[⑨]兮，河水清且沦猗。不稼不穑，胡取禾三百囷兮[⑩]？不狩不猎，胡瞻尔庭有县鹑兮？彼君子兮，不素飧兮！[⑪]

【注释】

①坎坎：伐木声。②干：河岸。③涟：水面的波纹。猗（yī）：语气助词。④稼：耕种。穑（sè）：收割。⑤廛（chán）：假借为“缠”，束，捆。这里“三百廛”指许多农民所种田中的收获。“三百”是虚数。⑥县：同“悬”。貆（huán）：猪獾，一种小兽。⑦直：水流平直。⑧亿：周代以十万为亿，这里泛指多数。⑨漘（chún）：水边。⑩囷（qūn）：粮囤。⑪飧（sūn）：熟食。

【译文】

砍伐檀树响叮当，放在河边堤岸上，河水清清起波浪。不下种子不收割，为啥粮食堆满仓？不拿弓箭不打猎，为啥猪獾挂院墙？那些大人老爷们，不是白白吃闲粮！　叮叮当当檀树砍，为做车辐放河边，河水清清流得缓。不下种子不收割，为啥聚谷百亿万？不拿弓箭不打猎，为啥大兽挂你院？那些大人老爷们，不是白白吃干饭！　砍起檀树声坎坎，为做车轮放河边，河水清清微波展。不下种子不收割，为啥粮囤都冒尖？不拿弓箭不打猎，为啥鹌鹑挂你院？那些大人老爷们，不是白白吃熟饭！

【解析】

一群奴隶在水边砍伐檀木，以备造车。他们一边干，一边唱，表达了对不劳而获的统治者的强烈憎恨和辛辣的讽刺。诗歌采用长短不同的杂句形式，将强烈的感情表达得回环曲折、错落有致。

硕　鼠

硕鼠硕鼠，无食我黍[①]！三岁贯女，莫我肯顾[②]。逝将去女，适彼乐土。乐土乐土，爰得我所[③]。　硕鼠硕鼠，无食我麦！三岁贯女，莫我肯德。逝将去女，适彼乐国。乐国乐国，爰得我直[④]。　硕鼠硕鼠，无食我苗！三岁贯女，莫我肯劳。逝将去女，适彼乐郊。乐郊乐郊，谁之永号[⑤]？

【注释】

①黍（shǔ）：一种谷物。这里泛指庄稼。②莫我肯顾："莫肯顾我"的倒文。③爰（yuán）：乃，就。④直：同"值"，价值。⑤之：往。永号：长声地高叫。

【译文】

大老鼠呀大老鼠，不要吃我种的黍。多年辛苦养活你，我的死活你不顾。发誓从此离开你，去那理想新乐土。新乐土呀新乐土，才是安居好去处。　大老鼠呀大老鼠，不要吃我大麦粒。多年辛苦养活你，从来不见你感激。发誓从此离开你，去那理想新乐邑。新乐邑呀新乐邑，劳动价值归自己。　大老鼠呀大老鼠，不要吃我种的苗。多年辛苦养活你，从来不见你慰劳。发誓从此离开你，去那理想新乐郊。新乐郊呀新乐郊，谁还叹气徒长号。

【解析】

人民不堪剥削阶级残酷无情的压榨，把他们比作贪得无厌的大老鼠，并发誓要离之而去，另觅美好的"乐土"作家园。本诗有着强烈的战斗精神，同时也带有浓厚的理想色彩。

唐 风

山有枢

山有枢[1]，隰有榆。子有衣裳，弗曳弗娄[2]。子有车马，弗驰弗驱[3]。宛其死矣，他人是愉。 山有栲，隰有杻[4]。子有廷内[5]，弗洒弗扫。子有钟鼓，弗鼓弗考。宛其死矣，他人是保。 山有漆，隰有栗。子有酒食，何不日鼓瑟？且以喜乐[6]，且以永日。宛其死矣，他人入室。

【注释】

①枢：有刺的榆树。②曳：拖。娄：牵。拖、牵都是穿衣的动作。③驰、驱：车马急走。④杻（niǔ）：亦名檍，树名。⑤廷：通庭，院子。内：指堂室。⑥且：姑且。

【译文】

枢树生长在山坡，洼地榆木长得多。你既有衣又有裳，为啥不拿来穿着？你既有车又有马，不去驱驰为什么？忽然一天你死去，徒让别人来享乐。 山上栲树迎风摇，洼地杻树长得好。你有宫室很漂亮，为啥懒得去打扫？你有钟鼓好乐器，为啥不把它们敲？忽然一天你死去，徒让别人来逍遥。 山上生长有漆树，洼地栗木长满路。你既有酒又有肴，为啥不把瑟来鼓？既是可以供娱乐，也度长日也消暑。忽然一天你死去，徒让别人来居住。

【解析】

这是贵族互劝及时行乐的诗，认为吝惜财物是没有用的，死后它们都将为别人所占有，所以主张花天酒地、纵情享乐，其思想是非常消极颓废的。

绸　缪

绸缪束薪①，三星在天②。今夕何夕，见此良人？子兮子兮③，如此良人何？　绸缪束刍，三星在隅④。今夕何夕，见此邂逅？子兮子兮，如此邂逅何？　绸缪束楚，三星在户。今夕何夕？见此粲者⑤。子兮子兮，如此粲者何？

【注释】

①绸缪：缠绵、紧密缠缚。束薪：一捆捆柴草。束薪、束刍、束楚都象征结婚。②三星：星宿名，即心星。在天：指星星出现的黄昏。③子兮：贺客闹新房时呼新人之词。④隅（yú）：天空的东南方。⑤粲者：美人。

【译文】

紧紧地捆起了柴薪，三星挂在天空。今夜是什么夜，见到这个好人。

你呀你呀，把这个好人怎么办？　紧紧地捆起了牧草，三星挂在天东南。今夜是什么夜，见到这个可心人。你呀你呀，把这个可心人怎么办？紧紧地捆起了荆条，三星当门挂在天边。今夜是什么夜，见到这个美人。你呀你呀，把这个美人怎么办？

【解析】

这首诗是一对青年男女在新婚之夜的相互对语之语。他们似乎在婚前是并不相识的，但新婚之夜，他们互相被对方的俊美丰姿所深深打动，喜出望外之余，简直不知怎么办才好。第一章是女辞，第二章是合辞，第三章是男辞。诗歌善用疑问句，成功地将新婚的那种惊喜而又庆幸、爱慕却又有些慌乱的激动心情活灵活现地描摹了出来。

鸨　羽

肃肃鸨羽①，集于苞栩②。王事靡盬③，不能蓺稷黍，父母何怙④？悠悠苍天，曷其有所？　肃肃鸨翼，集于苞棘。王事靡盬，不能蓺黍稷。父母何食？悠悠苍天，曷其有极？　肃肃鸨行，集于苞桑，王事靡盬，不能蓺稻粱，父母何尝？悠悠苍天，曷其有常？

【注释】

①肃肃：鸟拍翅膀声。鸨（bǎo）：野雁。②集：栖息。苞：草木丛生。栩（xǔ）：柞树。③王事：指征役。靡：没有。盬（gǔ）：止息。④怙（hù）：

依靠。

【译文】

呼呼鸨鸟振羽，群落在茂密的柞树上。国王的差事没完没了，无法回家耕种谷米。父亲母亲靠什么活命？悠悠苍天在上方，何时才有安身的地方？　呼呼鸨鸟展翼，群落在茂密的荆棘上。国王的差事没完没了，无法回家耕种米谷。父亲母亲吃什么？悠悠苍天在上方，何时国王的事才能完？　呼呼鸨鸟展翅，群落在茂密的桑树上。国王的事没完没了，无法回家耕种水稻高粱。父亲母亲拿什么充饥？悠悠苍天在上方，何时才能生活正常？

【解析】

春秋时社会动荡，徭役不断，青壮年劳力疲于奔命，根本无暇兼顾耕种，使家中父母生活失去保障。他们濒临绝境，只有悲愤地质问苍天，何时才能结束这种痛苦的日子，过上和平安定的生活？

葛　生

葛生蒙楚[①]，蔹蔓于野[②]。予美亡此[③]，谁与？独处。　葛生蒙棘，蔹蔓于域。予美亡此，谁与？独息。　角枕粲兮[④]，锦衾烂兮[⑤]。予美亡此，谁与？独旦。　夏之日，冬之夜。百岁之后[⑥]，归于其居。冬之夜，夏之日。百岁之后，归于其室。

【注释】

①葛：葛藤。蒙：覆盖。楚：荆树。②蔹（liǎn）：蔓生植物。③予美：犹今言“我的爱人”。亡：离去。④角枕：兽骨做装饰的枕头。粲：同“灿”，鲜丽华美的样子。⑤锦衾：锦制的被子，用于敛尸，同“角枕”一样都是丧具。⑥百岁：在这里借指“死”。

【译文】

葛藤爬满荆树上，蔹草蔓延野外长。我的爱人已离去，谁人相伴他身旁？独自在那旷野躺。　葛藤爬满棘树上，蔹草蔓延墓地旁。我的爱人已离人间去，谁人相伴他身旁？独自安息野地上。角枕鲜丽做陪葬，锦被敛尸闪闪光。我的爱人已离去，谁人相伴他身旁？独自一人到天亮。夏日炎炎白昼长，寒冬凛冽夜漫漫。但愿有朝我死后，到你坟里再相伴！　寒冬凛冽夜漫漫，夏日炎炎白昼长。但愿有朝我死后，到你坟中永相伴！

【解析】

这是妻子悼念亡夫的诗。《葛生》共五章，前三章与后两章形成二部重章。前三章通过坟场荒凉冷落的描写和丈夫陪葬饰物艳丽的反衬，使女主人公联想地下丈夫亡魂孤单。四、五章写女主人公在度过漫长岁月之后，将与丈夫同穴的愿望。诗句哀婉凄艳，感人至深，被尊为悼亡诗之祖。

秦 风

蒹 葭

蒹葭苍苍[①]，白露为霜。所谓伊人[②]，在水一方[③]。溯洄从之[④]，道阻且长。溯游从之[⑤]，宛在水中央。　蒹葭萋萋[⑥]，白露未晞[⑦]。所谓伊人，在水之湄[⑧]。溯洄从之，道阻且跻[⑨]。溯游从之，宛在水中坻[⑩]。　蒹葭采采[⑪]，白露未已。所谓伊人，在水之涘[⑫]。溯洄从之，道阻且右[⑬]。溯游从之，宛在水中沚[⑭]。

【注释】

①蒹（jiān）：又称荻，一种细长的水草，似芦苇。葭（jiā）：初生的芦苇。苍苍：茂盛的样子。②伊：此，指示代词。③方：旁。④溯洄：逆流而上。⑤溯游：顺流而下。⑥萋萋：湿润的样子。⑦晞（xī）：干。⑧湄：水与草交接处，也即岸边。⑨跻（jī）：地势渐高。⑩坻（chí）：水中小沙洲。⑪采采：众多的样子。⑫涘（sì）：水边。⑬右：形容道路弯曲。⑭沚（zhǐ）：水中小沙滩。

【译文】

河边芦荻青苍苍，秋深白露凝成霜。意中人儿何处寻，就在河水那一旁。逆流而上去找她，道路坎坷险又长。顺流而下去寻她，仿佛就在水中央。　河边芦荻湿漫漫，白露滴滴叶未干。意中人儿何处寻，就在河岸那一端。逆流而上去找她，道路险阻攀登难。顺流而下去寻她，仿佛就在水中滩。　河边芦荻密稠稠，清晨露水全未收。意中人儿何处寻，就在河岸那一头。逆流而上去找她，道路弯弯险难求。顺流而下去寻她，仿佛就在水中洲。

【解析】

这首诗是《诗经》中最具代表性的抒情佳作之一。诗中创造了一个缥缈恍惚而又凄迷的秋天水边景象，更塑造了一个神秘飘逸、可望不可即的“伊人”形象。千百年来，“秋水伊人”的美丽描写让一代又一代读者击节唱叹，感怀不已，而男主人公那种执著追求的精神和追求不得的淡淡的哀伤，也逐渐具有了更为广泛的意义。

黄鸟

交交黄鸟，止于棘[①]。谁从穆公？子车奄息[②]。维此奄息，百夫之特。临其穴，惴惴其栗[③]。彼苍者天，歼我良人！如可赎兮，人百其身！　交交黄鸟，止于桑[④]。谁从穆公？子车仲行。维此仲行，百夫之防。临其穴，惴惴其栗。彼苍者天，歼我良人！如可赎兮，人百其身！

交交黄鸟，止于楚[⑤]。谁从穆公？子车铖虎。维此铖虎，百夫之御。临其穴，惴惴其栗。彼苍者天，歼我良人！　如可赎兮，人百其身！

【注释】

①棘：酸枣树。棘与“急”时近，含有双关义。②子车：秦国大夫的姓。③惴惴（zhuì）：恐惧的样子。栗：战栗。④桑：与“丧”音近，双关义。⑤楚：荆条，与“痛楚”音近，双关。

【译文】

黄鸟交交声凄凉，飞来落在枣树上。谁从穆公去殉葬？子车奄息有名望。说起这位奄息郎，才德百人比不上。人们走近他的墓穴，浑身战栗心发慌。老天爷啊老天爷，杀我好人你不挡。如果可以赎他命，愿死百次来抵偿。　黄鸟交交声凄凉，飞来落在桑树上。谁从穆公去殉葬？子车仲行有名望。说起这位贤仲行，百人才德难比量。人们走到他的墓穴，浑身哆嗦魂魄丧。老天爷啊老天爷，杀我好人不应当。如果可以赎他命，愿死百次来抵偿。　黄鸟交交声凄凉，飞来落在荆树上。谁从穆公去殉葬？子车鍼虎有名望。说起这位鍼虎郎，百人才能没他强。人们走近他墓穴，浑身发抖心惊惶。老天爷啊老天爷，杀我好人你不帮。如果可以赎他命，愿死百次来抵偿。

【解析】

公元前621年，秦穆公死，以活人殉葬，从死者177人，其中有秦国的良臣子车氏三人奄息、仲行、鍼虎。秦人痛惜三良，痛恨统治者的暴行，故作此诗。惨怖凄怆，血泪斑斑，千古之后，犹令人战栗不已。

无 衣

岂曰无衣？与子同袍[①]。王于兴师[②]，修我戈矛，与子同仇！　岂曰无衣？与子同泽[③]。王于兴师，修我矛戟，与子偕作[④]！　岂曰无衣？与子同裳。王于兴师，修我甲兵，与子偕行！

【注释】

①袍：长衣，形如斗篷，行军时白天当衣穿，夜里当被盖。②于：语助词。兴师：起兵。③泽：贴身内衣。“袍泽”后喻称战友。④作：行动起来。

【译文】

谁说没有衣裳？和你穿一件大衣。君王要起兵，修整好戈和矛，和你同仇敌忾。　谁说没有衣裳？和你同穿一件内衣。君王要起兵，修整好矛和戟，和你共同做准备。　谁说没有衣裳？和你同穿一件下衣。君王要起兵，修整好铠甲和兵器，和你共同上前线。

【解析】

这是秦国的一首军歌，表现了秦国军队中重义轻生、团结尚武的战斗精神。这首诗语言简洁，节奏果断，各章独立的第五句，尤其有力，确有军歌的气势。后世称军中同事为“袍泽”，源于此诗。

陈 风

宛 丘

子之汤兮[1]，宛丘之上兮。洵有情兮，而无望兮。 坎其击鼓[2]，宛丘之下。无冬无夏，值其鹭羽[3]。 坎其击缶[4]，宛丘之道。无冬无夏，值其鹭翿[5]。

【注释】

①子：指跳舞的巫女。汤：通“荡”，舞姿摇摆的样子。②坎其：即“坎坎”，击鼓声和击缶声。③值：手持。鹭羽：用鹭鸶羽毛制成的伞形舞具。④缶（fǒu）：瓦盆，一种用以打节拍的乐器。⑤翿（dào）：即鹭羽。

【译文】

你左右摇摆跳舞呀，在宛丘的高处呀。我对你确实动情呀，但没有指望呀。 咚咚敲鼓，在宛丘的脚下。没有冬来没有夏，戴着那鹭羽。 咚咚敲瓦器，在去宛丘的路上。没有冬来没有夏，戴着那鹭翿。

【解析】

一个美丽的女巫一年四季都在跳舞降神。一个小伙子爱上了她，可自己又觉得没指望。这首恋歌有助于我们了解当时的舞蹈，了解陈国巫风的盛行情况。

月 出

月出皎兮①，佼人僚兮，舒窈纠兮②，劳心悄兮。 月出皓兮，佼人懰兮③，舒忧受兮④，劳心慅兮⑤。 月出照兮，佼人燎兮，舒夭绍兮，劳心惨兮⑥。

【注释】

①皎：形容月光洁白明亮。②舒：舒缓，迟慢，形容女子举止娴雅婀娜。窈纠：形容女子体态苗条。③懰（liú）：妩媚。④忧（yǒu）受：形容女子行步舒徐婀娜。⑤慅（cǎo）：忧愁不安的样子。⑥惨：同"躁"，困忧愁而烦躁不安的样子。

【译文】

月儿东升亮皎皎，月下美人体轻盈，体态苗条姗姗来，惹人相思我心焦。 月儿出来多光耀，月下美人眉目娇，婀娜多姿姗姗来，惹人相思心头搅。 月儿出来光普照，月下美人神采姣，体态轻盈姗姗来，惹人相思心烦躁。

【解析】

本篇历来被推为诗三百中情诗的杰作，诗人在月下遇见一位面容姣好、体态轻盈的女子，无法驱除心中的爱慕之念，为情所困，忧愁烦恼。全诗三章十二句，句句押韵，一韵到底，章与章之间并不换韵，属于同一韵部的形容词大量地集中出现，在意境营造和声韵效果上都达到了极佳的效果。

桧 风

隰有苌楚

隰有苌楚[①]，猗傩其枝[②]。夭之沃沃[③]，乐子之无知。　隰有苌楚，猗傩其华。夭之沃沃，乐子之无家。　隰有苌楚，猗傩其实。夭之沃沃，乐子之无室。

【注释】

①苌楚：蔓生植物，即猕猴桃。②猗傩：音义同“婀娜”。③夭：少好，嫩美。沃沃：叶子光泽壮美的样子。

【译文】

低湿处生长羊桃，它的枝条婀娜多姿。柔嫩鲜艳壮盛，羡慕你没有知觉好自在。　低湿处生长羊桃，它的花朵婀娜多姿。柔嫩鲜艳壮盛，羡慕你没有拖家带口。　低湿处生长羊桃，它的果实婀娜多姿。柔嫩鲜艳壮盛，羡慕你没有拖儿带女。

【解析】

这是一首因物感怀的诗。诗人偶然看见一株羊桃在低湿的洼地里依旧枝繁叶茂果实累累，顿生感慨，面对多难的国家、多变的世事、困窘的生活，他真愿意做一棵无知觉、无家室、无牵挂的草木啊!诗的情调虽较低沉，但设喻生动，语言平实，很有感染力，对后世同类诗歌影响很大。

匪风

匪风发兮[①]，匪车偈兮[②]。顾瞻周道，中心怛兮[③]。 匪风飘兮，匪车嘌兮[④]，顾瞻周道，中心吊兮。 谁能亨鱼？溉之釜鬵[⑤]。谁将西归？怀之好音。

【注释】

①匪：通“彼”。发（bō）：摹风声。②偈（jié）：车马疾驶貌。③怛（dá）：忧伤。④嘌（piāo）：车子轻快的样子。⑤溉：洗。釜：锅。鬵（xún）：大锅。

【译文】

风儿刮得呼呼响，车儿跑得飞一样，回头向着大路望，心里想家真忧伤。 风儿刮得打旋转，车儿轻快急忙忙。回头向着大路望，心里想家泪汪汪。 谁会烧那新鲜鱼？替他把锅洗干净。谁要回到西方去？托他带个平安信。

【解析】

这首诗有表层、深层两层含义，或者说字面上的含义和隐含的引申意义。从字面上看，这是一首典型的游子怀乡诗。秋风疾吹，驿车急驶，游子回望着逐渐远去的大路，心知再无返乡之日，不觉忧伤难抑。他留恋安定和平的生活，因此说谁能烹鱼，我愿为他洗锅；他殷切思念家乡，因此说谁将西归，请把家乡平安的消息带给我。若深入思考，这游子是什么人呢?你就会发现诗的深层含义。桧亡于周平王东迁之初,《桧风》都是西周末至平王始迁时的作品，这诗人——游子，应该是随平王东迁(实际是逃)，流落到桧地的西周贵族。

曹 风

鸤 鸠

鸤鸠在桑[①]，其子七兮[②]。淑人君子，其仪一兮。其仪一兮，心如结兮。 鸤鸠在桑，其子在梅。淑人君子，其带伊丝。其带伊丝，其弁伊骐[③]。 鸤鸠在桑，其子在棘。淑人君子，其仪不忒[④]。其仪不忒，正是四国。 鸤鸠在桑，其子在榛。淑人君子，正是国人。正是国人，胡不万年。

【注释】

①鸤鸠：布谷鸟。②七：虚数，言其多。鸤鸠对许多小鸟平均喂养，用以比在位者不如鸟。③弁：皮帽。骐：本意是有花纹的马，这里用来形容帽饰。④忒（tè）：偏差。

【译文】

布谷鸟筑巢在桑树上，它的幼子有很多啊。贤人君子，他的仪容始终如一。他的仪容始终如一，心像凝结一样坚固不变。 布谷鸟筑巢在桑树上，它的幼子在梅花树上。贤人君子，他的佩带用丝织。他的佩带用丝织，他的皮帽是青黑色。 布谷鸟筑巢在桑树上，它的幼子在酸枣树上。贤人君子，他的仪容从不改变。他的仪容从不改变，端正四邻的国风。　布谷鸟筑巢在桑树上，它的幼子在榛树上。贤人君子，端正全国人的行为。端正全国人的行为，何不祝他万寿无疆。

【解析】

这是一首颂诗，赞美用心专一、足以做四方典范的君子。被赞颂的大概是曹国兴盛时期的一位君主，有人认为就是始封的叔振铎。从诗以反诘句“正是国人，胡不万年”结尾看，有颂古以讽今，寓贬于褒的意思。诗四章，每章六句。诗以“其仪一兮，心如结兮”来描绘“淑人君子”的品德，对后世很有影响。

下泉

冽彼下泉[1]，浸彼苞稂[2]。忾我寤叹[3]，念彼周京。　冽彼下泉，浸彼苞萧。忾我寤叹，念彼京周。　冽彼下泉，浸彼苞蓍[4]。忾我寤叹，念彼京师。　芃芃黍苗[5]，阴雨膏之[6]。四国有王，郇伯劳之。

【注释】

①冽（liè）：寒冷。②苞：丛生。稂（láng）：莠一类的草。③忾（xì）：叹息。寤：睡醒。④蓍（shī）：草名。⑤芃芃（péng）：茂盛的样子。膏：润泽的意思。

【译文】

地下泉水呀清又凉，淹得莠草难生长。睁眼醒来长叹息，不知京都怎么样。地下泉水呀清又凉，淹得蒿草难生长。睁眼醒来长叹息，空念京城难回乡。地下泉水呀清又凉，淹得蓍草难生长。睁眼醒来长叹息，京师惹人常怀想。蓬勃一片黍苗壮，阴雨润泽助它长。各国诸侯终有主，护送敬王荀伯忙。

【解析】

这是一首政治抒情诗，诗人叹乱世思明王、颂贤臣。诗四章，前三章都是叹，诗人以寒泉下流浸泡的尽是杂草起兴，慨叹周王室内讧造成了天下灾乱的局面。第四章是赞，以阴雨膏田起兴，赞颂了荀伯辅助敬王，结束混乱局面的功劳，前后对比鲜明，轻重有序。

豳　风

七　月

七月流火[1]，九月授衣[2]。一之日觱发[3]，二之日栗烈[4]。无衣无褐[5]，何以卒岁？三之日于耜[6]，四之日举趾[7]。同我妇子，馌彼南亩[8]。田畯至喜[9]。　七月流火，九月授衣。春日载阳[10]，有鸣仓庚[11]。女执懿筐[12]，遵彼微行[13]，爰求柔桑。春日迟迟[14]，采蘩祁祁[15]。女心伤悲，殆及公子同归[16]。　七月流火，八月萑苇[17]。蚕月条桑[18]，取彼斧斨[19]，以伐远扬[20]，猗彼女桑[21]。七月鸣鵙[22]，八月载绩[23]。载玄载黄[24]，我朱孔阳[25]，为公子裳。　四月秀葽[26]，五月鸣蜩[27]。八月其获，十月陨萚[28]。一之日于貉[29]，取彼狐狸，为公子裘。二之日其同[30]，载缵武功[31]。言私其豵[32]，献豜于公[33]。　五月斯螽动股[34]，六月莎鸡振羽[35]。七月在野，八月在宇[36]，九月在户，十月蟋蟀入我床下。穹窒熏鼠[37]，塞向墐户[38]。嗟我妇子，曰为改岁[39]，入此室处。　六月食郁及薁[40]，七月亨葵及菽[41]。八月剥枣[42]，十月获稻。为此春酒[43]，以介眉寿[44]。七月食瓜，八月断壶[45]，九月叔苴[46]。采荼薪樗[47]，食我农夫。　九月筑场圃[48]，十月纳禾稼[49]。黍稷重穋[50]，禾麻菽麦。嗟我农夫，我稼既同[51]，上入执宫功[52]。昼尔于茅[53]，宵尔索绹[54]，亟其乘屋[55]，其始播百谷。　二之日凿冰冲冲[56]，三之日纳于凌阴[57]。四之日其蚤[58]，献羔祭韭[59]。九月肃霜[60]，十月涤场[61]。朋酒斯飨[62]，曰杀羔羊，跻彼公堂[63]。称彼兕觥[64]，万寿无疆！

【注释】

①七月：夏历七月。流：这里指行星的位置在天空中向下移动。火：星名，即心宿二，又称大火。每年夏历五月的黄昏，此星出现在天空南方，方向最正，位置最高。六月以后，就偏西向下行了。②九月：夏历九月。授衣：把裁制冬衣的工作交给妇女们去做。③一之日：指周历正月的日子，即夏历的十一月。周代建子，夏代建寅，所以周历正月当夏历十一月。下文“二之日”“三之日”“四之日”均指周历而言，分别相当于夏历十二月、正月和二月。夏历三月则不作“五之日”，只称为“春”。觱发（bì bō）：寒风触物的声音。④栗烈：形容寒气刺骨。⑤褐（hè）：粗布衣服。⑥于：为，这里指修理。耜（sì）：金属的犁头。⑦举趾：举足下田，开始春耕。⑧馌（yè）：送饭。南亩：泛指田地。⑨田畯：田官。喜同“饎”，吃饭菜。⑩阳：天气暖和。⑪有：词头，无义。仓庚：黄莺。⑫懿：深。⑬微行：小路。⑭迟迟：形容春天日子渐长。⑮蘩：草名，又称白蒿。祁祁：形容采蘩的女子众多。⑯殆：怕。⑰萑（huán）：荻草。⑱蚕月：指夏历三月。条：同“挑”，修剪。⑲斨（qiāng）：柄孔方形的斧。⑳远扬：指过长过高的桑树枝。㉑猗（yī）：同“掎”，牵拉。女桑：嫩桑叶。㉒鵙（jú）：鸟名，又叫伯劳。㉓载：语助词。绩：纺织。㉔玄：黑中带红。㉕阳：鲜明。㉖秀：不开花而结实。葽（yāo）：草本植物，又名远志，可入药。㉗蜩（tiáo）：蝉。㉘萚

(tuò)：落叶。㉙于：往。貉(hé)：兽名，似狐而尾较短。㉚同：会同。指会合大众打猎。㉛缵(zuǎn)：继续。武功：指田猎。㉜言：发语词。私：私人留下。豵(zōng)：小野猪。㉝豜(jiān)：古指三岁的猪，泛指成年的兽。㉞斯螽(zhōng)：蚱蜢。动股：蚱蜢以翅摩擦发声，古人误以为以腿摩擦，所以说"动股"。㉟莎(suō)鸡：纺织娘。㊱宇：房檐。㊲穹：空洞。窒：堵塞。㊳向：朝北的窗。墐(jìn)：用泥涂抹。古代北方农户多编柴门，冬天需涂泥塞缝，以御寒风。㊴曰：发语词。改岁：指过年。这章继十月之后便说到过年，因为夏历十一月当周历正月，改岁是指周历而言。㊵郁：郁李，小灌木，果实甜酸可食。薁(yù)：野葡萄。㊶葵：菜名，指冬葵。菽：大豆。㊷剥：同"扑"，敲打。㊸春酒：冬天酿酒，春日始成，所以称春酒。㊹介：帮助。眉寿：人老了，眉毛会变长，叫做秀眉，所以称长寿为眉寿。㊺断：采摘。壶：同"瓠"，葫芦。㊻叔：拾取。苴(jū)：麻子。㊼薪：这里作动词"烧"用。樗(chū)：臭椿。㊽场：打谷场。圃：菜圃。古人一地两用，春夏为圃，秋冬为场。㊾纳：收藏。㊿黍：小米。稷：高粱。重(tóng)：同"穜"，先种后熟的谷。穋(lù)：同"稑"，后种早熟的谷。51同：聚拢。52上：同"尚"，还需要。执：服役。宫功：修建宫室。53尔：语助词。于：取。54索：搓绳索。绹(táo)：绳。55亟：同急，赶快。乘：登上。56冲冲：凿冰声。57凌阴：藏冰的地窖。58蚤：同"早"。这里指早朝，是古代一种祭礼仪式。59献羔祭韭：古代开窖取冰前的一种仪式。60肃霜：即肃爽，形容秋高气爽的天气。61涤场：即涤荡，形容深秋树木萧瑟的样子。62朋酒：两壶酒。斯：语助词。飨(xiǎng)：一同饮酒。63跻：登

无障碍阅读
学 生 版

真题再现 押题预测

考点大全

诗经

知识点考点 全方位梳理

最新考试真题 精选汇编

一线专家预测押题 考点题型精准分析

目 录

诗 经

考点知识点积累

阅读指导

《诗经》深刻地反映了西周初年至春秋中叶社会的各个方面，当时的政治、经济、军事、文化以及世态人情、民俗风习等，在其中都有形象的表现。关注现实，抒发现实生活的真情实感，这种创作态度，使其具有强烈深厚的艺术魅力。阅读《诗经》，我们需要从以下几个方面来把握：

一、《诗经》的句式，以四言为主，其间杂有两言至八言不等。

二节拍的四言句带有很强的节奏感，构成了《诗经》整齐韵律的基本单位。同时，还常用重章叠句和双声叠韵，使诗歌可以围绕同一旋律反复吟唱，而且在意义表达和修辞上，也有很好的效果。比如《芣苢》的三章里只换了六个动词，就描述了采芣苢的整个过程。复沓回环的结构，灵活多样的用词，把采芣苢的不同环节分置于三章中，三章互为补充，在意义上形成整体，一唱三叹，曼妙非常。

二、赋比兴的运用，是《诗经》艺术特征的重要标志，也开启了我国诗歌创作的基本手法。

简单地说，赋就是铺陈直叙，即诗人把思想感情及其有关的事物平铺直叙地表达出来。如《七月》这首诗叙述的是农夫在一年十二个月中的生活，用的全是赋法。比就是以彼物比此物，起着形象化的作用，如《硕鼠》《硕人》就用了比的手法。兴就是触物兴辞，由客观事物引出要抒发的情感，如《关雎》和《蒹葭》。赋比兴三种用法往往交互使用，共同创造诗歌的艺术形象。

三、《诗经》开启了现实主义的诗歌传统。

《诗经》表现出的关注现实的热情、强烈的政治和道德意识、真诚积极的人生态度，被后人概括为“风雅”精神，直接影响了后世诗人的创作。历代以个人为主体的缘事抒情发愤之作，无不是源于《诗经》。《诗经》的比兴表现手法为后代作家提供了学习的典范，后世诗歌中的兴象、意境等，都可以在《诗经》中看到萌芽。

四、《诗经》是我国有史以来第一部诗歌总集，为五经之首、儒家“六艺”之一。

在清朝灭亡前两千多年间，《诗经》一直被当作教科书，是科举时代必读之物。即使在今天，其中一些篇章仍被列入教科书中。可以说在中国文学史上，没有一位诗人未曾受过《诗经》的熏陶。孔子说：“不学诗，无以言。”在他看来，不学《诗经》便说不好话。他还认为《诗经》有综合性功效，“诗可以兴，可以观，可以群，可以怨，迩之事父，远之事君，多识于鸟兽草木之名”。

春秋时期，《诗经》广为各国诸侯、士大夫等贵族所引用，在各个场合表达他们的思想和感情。特别是一些外交家，为了训练自己的口才，加强外交辞令，使语言含蓄委婉而优美，往往引用其中的句子来表达本国或个人的意志和态度，故在贵族阶层中形成了学《诗经》的风气。

在世界文学史上，《诗经》也属最早的诗歌总集之一，与古希腊的《伊利亚特》《奥德赛》，古印度的《摩诃婆罗多》《罗摩衍那》等史诗争奇斗艳，且以大量描写现实生活并富有人情味的优美抒情诗为特色，称得上是远古世界领域里独一无二的瑰宝。所以今天仍然有许多诗人、学者以极大的热情和兴趣诵读研究它，从中汲取养分。

内容精要

《诗经》是中国最早的一部诗歌总集，共收录自西周初期至春秋中叶约500余年的诗歌305篇。最初称作《诗》或《诗三百》，后因汉代儒者奉为经典，才称为《诗经》。现存的《诗经》，据说是战国时的毛亨和汉代的毛苌所传，因此被叫作《毛诗》。

若按作品的乐调不同，《诗经》可分为风、雅、颂三部分。风指国风，就是各诸侯国的土乐，包括周南、召南、邶、鄘、卫、王、郑、齐、魏、唐、秦、陈、桧、曹、豳等十五个诸侯国的民歌，共160篇；雅是周王乐歌，分大雅（31篇）和小雅（74篇），共105篇；颂是朝廷祭祀鬼神和赞美功德的乐歌，分周颂（31篇）、鲁颂（4篇）、商颂（5篇），共40篇。

《诗经》里的作品内容十分广泛，主要有以下几个方面的内容：

祭祀　保存在大雅和“三颂”中的祭祀诗。大多是以祭祀、歌颂祖先为主，或叙述部族发生、发展的历史，或赞颂先公先王的德业。被认为是周族史诗的《生民》《公刘》《绵》《皇矣》《大明》五篇作品，赞颂了后稷、公刘、太王、王季、文王、武王的业绩，反映了西周开国的历史。

农事　《诗经》的时代，农业生产占有重要的地位，所以有不少直接描写农业生产生活和相关的政治、宗教活动的农业诗。

《七月》叙述了农夫一年间的艰苦劳动过程和他们的生活情况，是农事诗中最优秀的作品。

宴飨　《诗经》中有些诗以君臣、亲朋欢聚宴请为主要内容，反映了上层社会的欢乐、和谐，体现了周代初年靠血缘亲缘关系、礼乐活动巩固统治的目的。

怨刺　大雅和小雅中有不少诗篇反映了厉王、幽王时的赋税苛重、政治黑暗腐朽、社会弊端丛生、民不聊生的社会现实。国风中的《魏风·伐檀》《魏风·硕鼠》等诗或讽刺不劳而获、贪得无厌，或揭露统治者的无耻与丑恶，在辛辣的讽刺中含有强烈的不平。这些被后人称为“变风”“变雅”的作品，是当时政治腐朽、社会黑暗的产物。

战争和徭役　有些战争诗，从正面描写了天子、诸侯的武功，表现了强烈的自豪感，充满了乐观精神。有的战争诗也写出了征夫厌战、思妇闺怨的情绪。

爱情和婚姻　这个题材的诗作在《诗经》中比重很大且内容丰富。既有反映男女相慕相恋、相思相爱的情歌，也有反映婚嫁场面、家庭生活的婚姻家庭诗，还有表现不幸婚姻给妇女带来痛苦的弃妇诗。这些作品主要集中在国风中，是《诗经》的重要组成部分，也是最精彩动人的篇章。

作者简介

《诗经》不是一人所作，作者成分很复杂，产生的地域也很广。除了周王朝乐官制作的乐歌与公卿、列士进献的乐歌，还有许多原来流传于民间的歌谣。这些民间歌谣可能由周王朝派专门的采诗人到民间搜集而来，用以了解政治和风俗的盛衰利弊；也有可能是由各诸侯国乐师搜集而来，之后献给天子的。各个时代从各个地区搜集来的乐歌，一般认为是保存在周王室的乐官那里。这些作品经过长期的积累，大约在春秋末年由孔子重新修订，作为其学生的教科书。

艺术特色

《诗经》是中国诗歌，乃至整个中国文学一个光辉的起点。它从多方面表现了那个时代丰富多彩的现实生活，反映了各个阶层人们的喜怒哀乐，以其清醒的现实性区别于其他民族的早期诗歌，开辟了中国诗歌的独特道路。无论是形式体裁、语言技巧，还是艺术形象和表现手法，《诗经》都显示出我国最早的诗歌作品在艺术上的巨大成就。

一、细致、隽永的抒情

《诗经》以抒情诗为主流，奠定了中国文学以抒情传统为主的发展方向。以抒情诗为主的诗歌，是中国文学的主要样式。《诗经》的抒情诗，在表现个人感情时，总体上比较克制，因而显得平和。克制的感情，尤其是忧伤的感情，是十分微妙的。它不像强烈的悲愤和强烈的欢乐喷涌而出，一泄无余，而是委婉曲折，波澜起伏。由此形成了《诗经》在抒情表现方面“细致、隽永”的特点，尽管比较平和，但同样真挚而动人。

二、富有音韵美和节奏感的语言

《诗经》的基本句式是四言，间或杂有二言至八言的各种句式，常常采用重章叠韵的形式，即重复的几章间，意义和字面都只有少量改变，使诗歌可以围绕同一旋律反复吟唱，造成一唱三叠的效果，强化了感情的抒发。同时，为了获得声韵上的美感，《诗经》中大量使用双声、叠韵、叠字的语汇。在古汉语的规则中，这类词汇大抵是形容词性质，所以也有助于表达曲折幽隐的感情，描绘清新美丽的自然。如《诗经》首篇的《关雎》，“关关”（叠字）形容水鸟叫声，“窈窕”（叠韵）表现淑女的美丽，“参差”（双声）描绘水草的状态，“辗转”（叠韵）刻画因相思而不能入眠的情状，既有和谐的声音，也有生动的形象。

三、赋、比、兴表现手法的运用

《诗经》里大量运用了赋、比、兴的表现手法，加强了作品的形象性，获得了良好的艺术效果。

所谓“赋”即“敷陈其事而直言之”，这包括一般陈述和铺排陈述两种情况。在《国风》中，除《七月》等个别篇章外，用铺排陈述的较少；大、小《雅》中，尤其是史诗，铺陈的场面较多。

“比”，“以彼物比此物”，即比喻之意。《诗经》中用比喻的地方很多，手法也富于变化。如《氓》用桑树从繁茂到凋落的变化来比喻爱情的盛衰；《鹤鸣》用“他山之石，可以攻玉”来比喻治国要用贤人；《硕人》连续用“柔荑”喻美人之手，“凝脂”喻美人之肤，“瓠犀”喻美人之齿，等等，都是《诗经》中用“比”的佳例。

“赋”和“比”是一切诗歌中最基本的表现手法，而“兴”则是《诗经》乃至中国诗歌中比较独特的手法。“兴”字的本义是“起”。“兴”，“先言他物以引起所咏之辞”，也就是借助其他事物为所咏之内容做铺垫。它往往用于一首诗或一章诗的开头。大约最原始的“兴”，只是一种发端，同下文并无意义上的关系，表现出思绪无端地飘移联想。后来，“兴”又兼有了比喻、象征、烘托等较有实在意义的用法。但正因为“兴”原本是思绪无端地飘移和联想而产生的，所以即使有了比较实在的意义，也不是那么固定呆板，而是虚灵微妙的。如《桃夭》一诗，开头的“桃之夭夭，灼灼其华”，写出了春天桃花开放时的美丽氛围，可以说是写实之笔，但也可以理解为对新娘美貌的暗喻，又可以说这是在烘托结婚时的热烈气氛。由于“兴”是这样一种微妙的、可以自由运用的手法，后来的诗人对“兴”也就特别有兴趣，各自逞技弄巧，翻陈出新，不一而足，构成中国古典诗歌的一种特殊味道。

读后感

宝贵的精神文化财富

——读《诗经》有感

中国是四大文明古国之一，古印度、古埃及、古巴比伦这三个古国的文明早已衰落并消失，只有古中国的文明保留了下来，并得到了发展，在经过长期的历史积后淀形成了今天的中华文化，因此中华文化源远流长、博大精深。而在这无边的中华文化大海中，有一颗金子之仍在闪闪发光，不曾黯淡，那就是——《诗经》。

《诗经》是我国第一部诗经总集。现存的《诗经》共收录诗歌305篇，包括西周初年都春秋中叶共500余年的名歌和朝庙乐章，传统上分为风、雅、颂三类。西周到春秋中叶的民风较为开放，人们一般都用诗歌直白的表达自己最真实的情感，因此从《诗经》中可以窥得当时的民风民情。其中最为人们所喜欢的是他的爱情诗。

《关雎》是为人们所主旨的一首诗，“窈窕淑女，君子好逑”，美好的女子是青年的好妻子，为此青年“琴瑟友之”、“钟鼓乐之”，结果“求之不得，寤寐思服”、“辗转反侧”。这首是描述了一个男子为追求心爱美好的女子使劲浑身解数，表达了男女之间最为纯洁的爱情。类似表达纯洁爱情的诗歌还有《静女》、《木瓜》等，当然爱情不都是美好的，因此也有《氓》这类的怨妇诗。

“昔我往矣，杨柳依依。今我来归，雨雪霏霏。行道迟迟，载渴载饥。我心伤悲，莫知我哀”，这几句诗出自《采薇》。男子很早就去戍边守关，边关的军旅生活是艰苦的，性命没有保障、生活条件差这些都是其次，更为难过的是无边无际的孤独，在边关没人慰问、没人关心、没有家人的消息，心是空的!等到终于可以回家时，一切已经物是人非，自己也不再年轻，心情是沉重的，开头的几句试形容的就是他的心情。这首诗写出了广大将士戍边的辛酸。

“呦呦鹿鸣，食野之苹。我有嘉宾，鼓瑟吹笙……”，这几句诗相信大家都很熟悉，他们出自《鹿鸣》。《鹿鸣》是一首燕飨诗，带有一定的政治色彩，主人向嘉宾或君主表达自己的热情和谢意，以及向人示好，暗示自己的忠诚。因此诗也是一种政治工具。

《诗经》中还有其他主题，在此就比一一举例列举。《诗经》无论在政治、经济、文化，还是历史、社会等方面都有重要的意义，是中华文化宝贵的精神文化财富。孔子曾经说过，“不学诗，无以言”，因此教育部门应该把，《诗经》中更多的诗歌以各种形式编入教材，让学生们从小学习，让他们充分了解其中深刻的思想性，提高学生们的思想深度。

专家命题 模拟演练

一、填空题

1.《诗经》是我国第一部__________。共收录从__________到______________的诗歌305首，先秦称为《诗》，或取其整数称__________。西汉时被尊为儒家经典，称__________，并沿用至今。这些诗当初都是配乐而歌的歌词，保留着古代诗歌、音乐、舞蹈相结合的形式，但在长期的流传中，乐谱和舞蹈失传，就只剩下诗歌了。

2.《诗经》在内容上分为______、______、______三个部分。其中“风”包括了十五个地方的民歌，又叫“____________”或“______”，它的意思是土风、风谣，有160篇，是《诗经》中的核心内容。“______”是正声雅乐，即贵族享宴或诸侯朝会时的乐歌，按音乐的布局又分“______”、“______”，有诗105篇，其中大雅31篇，小雅74篇。“______”是祭祀乐歌，分“周颂”31篇、“鲁颂"4篇、“商颂”5篇，共40篇。是“五经”之一。《诗经》距今已有2500多年的历史。

3.《诗经》砚材广泛，普通运用______、______、______的表现手法，所谓______，就是直陈其事；______就是比喻，打比方；______是起兴，就是借助其他事物作为诗歌的开头以引起所咏的内容。语言朴实优美，以______为主，兼有杂言，音律和谐悦耳，其中不少篇章采用“____________”的艺术形式。

4.后人常把“________”和《________》的“________”并称为“__________”。

5.《四书》包括：《________》、《______》、《______》、《______》。

6.《五经》包括：《________》、《______》、《______》、《______》、《______》。

7.《六经》是春秋时期孔子教授和编译的六类科目的教科书，这六本教科书在孔子晚年成型，在弟子的不断传播中被强化，最后在汉代被称为汉代“六艺”，包括《______》、《______》、《______》、《______》、《______》、《______》。孔子所教授的“六艺”与周朝教授的传统“六艺”（礼、乐、射、御、书、数）相比，其文化课内容和外延显然丰富多了，应该算是一种创新。从此，这“六经”就成为儒家的必读书目。

8《诗经》的“六义”包括：______、____、____、______、______、______。

9.____________，体无咎言。以尔车来，____________。

10.桑之未落，____________。于嗟鸠兮，____________。

11.____________，靡有朝矣。

12.忧心烈烈，____________。我戍未定，____________。

13.驾彼四牡，____________。君子所依，____________。

14.今我来思，____________。

二、选择题

1.《诗经》是中国汉族文学上最早的一部诗歌总集，它又称（　　）。

A.《民歌》　　B.《诗歌》　　C.《诗》　　D.《诗两百》

2.《诗经》中描写地方民间风俗的是那一部分（　　）。

A.风　　B.小雅　　C.颂　　D.大雅

3.《诗经》中主要是宗庙乐歌的是哪一部分（　　）。

A.风　　B.小雅　　C.颂　　D.大雅

4.《诗经》全书收录了自____至春秋中叶的作品（　　）。

A.夏朝　　B.商朝

C.西周初年　　D.东周初年

5.《诗经》的主要采集者并尊称为“中华诗祖”的是（　　）。

A.王子夫　　B.姜子牙　　C.庄子　　D.尹吉甫

6.《风》包括了______个地方的民歌（　　）。

A.十四　　B.十五　　C.十六　　D.十七

7.“关关雎鸠，在河之洲，窈窕淑女，君子好逑”出自《诗经》中（　　）。

A.国风　　B.小雅　　C.大雅　　D.周颂

8.“执子之手，与子偕老”出自（　　）。

A.风　　B.小雅　　C.颂　　D.大雅

9.“雷填填兮雨冥冥，猿啾啾兮狖夜鸣”出自于（　　）。

A.《诗经》　　B.《楚辞》　　C.《汉赋》　　D.《唐诗》

10.“昔我往矣，杨柳依依，今我来思，雨雪霏霏”出自于（　　）。

A.《诗经》　　B.《楚辞》

C.《汉赋》　　D.《汉乐府诗集》

11.“青青子衿，悠悠我心”原出自于（　　）。

A.曹操的《短歌行》　　　B.汉乐府诗中

C.诗经　　　D.楚辞

12.以下谁对“诗经”做过正乐，整理，加工（　　）。

A.孟子　　B.孔子　　C.朱熹　　D.王夫之

13.以下说法正确的是（　　）。

A.《诗经·召南·甘棠》一诗是为了怀念周宣王的贤臣召伯，也写出了“前人栽树，后人乘凉”的道理。

B.《关雎》选自《诗经·周南》是一首结婚典礼上的乐歌。

C.《关雎》选自《诗经·周南》是一首结婚典礼上的乐歌。

D.《诗经·卫风·硕人》写了一位高大健硕的勇士。

14.以下说法不正确的是（　　）。

A.《诗经》中的国风共分周南、召南、王风等十五国风，雅分为大雅和小雅，颂分为周颂、鲁颂和商颂三部分。

B.“高山仰止，景行行之”意思是仰望着高山，效法着大德，表示对德高望重者的敬仰。

C.《诗经·曹风·蜉蝣》抒发了天地浩瀚和人的渺小之感。

D.《诗经·豳风·七月》中以史诗般的气势记述农家的劳作、艰辛，以时间为线索将农家生活的方方面面展现出来

15.以下说法正确的是（　　）。

A.《诗经》反映了从西周到战国时代社会生活的各个方面。

B.《君子于役》表现的是对丈夫的怨恨。

C.《诗经·曹风·蜉蝣》抒发了天地浩瀚和人的渺小之感。

D.成语“夙夜无寐”的意思是早晚都不能入睡，一直在流亡的途中过着流离失所的生活。

16.《诗经》中有目无辞的六篇佚诗，后人称之为“笙诗”，出自（　　）。

A.国风　　B.小雅　　C.大雅　　D.颂

17.“死生契阔，与子成说”，“契”的意思是（　　）。

A.弃　　B.得　　C.散　　D.聚

18.《史记·孔子世家》关于《诗经》编订所持的说法是（　　）。

A.采诗说　　B.作诗说　　C.删诗说　　D.献诗说

19.《诗经》大约收集了多少诗歌（　　）。

A.300　　B.304　　C.306　　D.305

20.《颂》诗主要是（　　），这是周王室的宗庙祭祀诗，产生于西周初期。

A.《夏颂》　　B.《商颂》　　C.《周颂》　　D.《汉颂》

21.《诗经》在我国的地位（　　）。

A.《诗经》是中国汉族文学史上最早的一部现实主义诗歌总集

B.《诗经》是中国汉族文学史上最早的浪漫主义诗歌总集

C.《诗经》是我国汉族文学史上的豪放派的诗歌总集

D.《诗经》是我国汉族文学史上的婉约派的诗歌总集

22.下列关于《诗经》的叙述错误的是（　　）。

A.中国诗歌诞生的源头，也是中国第一部诗歌总集

B.它是整齐的四言体诗歌

C.它保存了从西周初年到春秋中期的诗歌，共305首

D.西周时贵族才能接受教育，所以《诗经》表现的是贵族而

不是平民的情感

23.《诗经》最晚的作品成于（　　）。

A.春秋中叶　　B.东周　　C.汉初　　D.战国

24.请问以下哪一句不是出自于诗经（　　）。

A.交交黄鹂，止于桑　　B.匪汝之为美，美人之贻

C.岂曰无衣？与子同袍　　D.山路元无雨，空翠湿人衣

25.对下列句子中加点字解说不当的一项是（　　）。

A.“左右毛之”的“之”指代的是“荇菜”。

B.“寤寐求之”的“之”指代的是“窈窕淑女”。

C.“琴瑟友之”的“友”是“亲爱”的意思，这里用作动词，且表使动。

D.“钟鼓乐之” 的“乐”是“快乐”的意思，这里用作动词，且表使动。

26.下列说法不正确的一项是（　　）。

A.《关雎》中“关关雎鸠，在河之洲”采用的是“兴”的手法。

B.《蒹葭》“所谓伊人”的“伊人”，与《关雎》中的“君子好逑”的“君子”，指的是同样的人。

C.《蒹葭》全诗不着一个思字、愁字，读者却可以体会到诗人那种深深的企慕和求而不得的惆怅。

D.《关雎》是《诗经》的第一首，选自《诗经・周南》。

27.下列各句节奏停顿不正确的一项是（　　）。

A.桑之/落矣，其黄/而陨。自我/徂尔，三岁/食贫。

B.自牧/归荑，洵美/且异。匪女/之为美，美人/之贻。

C.不狩/不猎，胡瞻/尔庭/有/悬貆兮。

D.尔卜/尔筮，体无/咎言。以/尔车来，以/我贿迁。

28.下列词语解释不正确的一项是（　　）。

A.抱布贸（交换）丝　无与士耽（迷恋）　俟我于城隅（角落）

B.说怿（喜爱）女美　匪我愆（改变）期　静言思之（说，动词）

C.洵美且异（确实）　靡（没有）有朝矣　彤管有炜（亮光）

D.信誓旦旦（诚恳）　自我徂尔（往、到）　其叶沃（肥大）若

29.下列句子翻译不正确的一组是（　　）。

A.及尔偕老，老使我怨：本想和你白头到老，现在这种想法使我十分痛苦。

B.爱而不见，搔首踟蹰：故意躲藏不露面，急得我挠头无主张。

C.将子无怒，秋以为期：请你不要生气，婚期就订在秋天吧。

D.自牧归荑，洵美且异：放牧归来送草芽，草芽美丽又稀奇。

30.对下列四句艺术手法分析不正确的一项是（　　）。

A.“桑之落矣，其黄而陨”：用了比和兴的手法，意指女子的憔悴和被弃。

B.“于嗟鸠兮，无食桑葚；于嗟女兮，无与士耽”：用了赋的手法，桑葚是甜，但多吃易醉，爱情是美好的，但太痴情易上当。

C.“静女其娈，贻我彤管；彤管有炜，说怿女美”：用了赋的手法，直接抒发对女子的喜爱。

D.“淇则有岸，隰则有泮”：兴中有比，言下之意为水有岸，泽有边，我的痛苦为何无尽头？

31.下列四组词语中没有错别字的一组是（　　）。

A.望风披糜 忧心忡忡 即来之，则安之 世外桃园

B.糜糜之音 纵横驰聘 弥天大谎 人才辈出

C.兵荒马乱 戍马倥偬 仓遑逃窜 箭拔弩张

D.寻物启事 莫名其妙 沧桑巨变 山清水秀

32.下列加点词语解释有误的一项是（　　）。

A.采薇采薇，薇亦作止：句尾语气助词，无实义。

B.我戍未定，靡使归聘：问候

C.行道迟迟：很晚

D.戎马既驾，四牡业业：高大的样子

33.下列各组句中，每句都包含有通假字的一组是（　　）。

A.岁亦莫止/我戍未定　　B.忧心孔疚/我行不来

C.彼尔维何/彼路斯何　　D.象弭鱼服/小人所腓

34.下列有关《诗经》的表述有误的一项是（　　）。

A.《诗经》是我国最早的一部诗歌总集，共收入从西周初期到春秋中叶约五百年间的诗歌305篇，有"诗三百"之称。

B.《诗经》为我国古典文字现实主义传统的监觞，汉代儒家将其奉为经典，列为"五经"之首；"楚辞"是我国浪漫主义文学的先河，以《离骚》为代表，因此又称"骚体"诗。

C.《诗经》依据音乐的不同分为《风》、《雅》、《颂》三部分，其中《风》又称为《国风》，艺术成就最高；《诗经》的形式以四言为主，普遍采用赋、比、兴的手法，与"风"、"雅"、"颂"合称为《诗经》六艺。

D.《雅》分《大雅》和《小雅》，作者多属贵族阶级；诗作以歌颂和维护其统治为基本倾向。《采薇》是《大雅》中的一篇。

35.江山代有才人出，各领风骚数百年"中的"风"指的是

（ ）。

A.风流　　B.风韵

C.《诗经》中的《国风》　　D.楚辞中的《离骚》

36.“战战兢兢”、“如履薄冰”出自（ ）。

A.《鄘风·柏舟》　　B.《邶风·绿衣》

C.《小雅·小旻》　　D.《鄘风·君子偕老》

37.《伐檀》与《硕鼠》都出自（ ）。

A.《诗经·卫风》　　B.《诗经·魏风》

C.《诗经·秦风》　　D.《诗经·齐风》

38.“硕鼠硕鼠，无食我苗。三岁贯女，______”选出填写正确的一项（ ）。

A.莫我肯顾　　B.莫我肯德

C.莫我肯劳　　D.莫我肯眷

39.“日月告凶，不用其行”出自《诗经》（ ）。

A.《小雅·北山》　　B.《诗·小雅·十月之交》

C.《齐风·东方之日》　　D.《周南·芣苢》

40.“君子于役，不日不月，________。”选出填写正确的一项（ ）。

A.羊牛下来　　B.曷其有佸

C.羊牛下括　　D.苟无饥渴

41.《诗经》中有目无辞的六篇佚诗，后人称之为“笙诗”，出自（ ）。

A.国风　　B.大雅　　C.商颂　　D.小雅

42.“靡不有初，鲜克有终”出自《诗经》（ ）。

A.《大雅·荡》　　　　　　B.《卫风·硕人》

C.《卫风·氓》　　　　　　D.《齐风·南山》

43.琼瑶的《在水一方》歌词的内容、意境完全脱胎于（　　）。

A.《邶风·静女》　　　　　　B.《秦风·蒹葭》

C.《周南·汉广》　　　　　　D.《陈风·泽陂》

44.《毛诗传笺》的作者是（　　）。

A.郑玄　　B.朱熹　　C.王逸　　D.孔颖达

45.“妇有长舌，维厉之阶”中的“阶”的意思是（　　）。

A.台阶　　B.终止　　C.遍及　　D.根源

46.“信誓旦旦”一语出自下列哪篇作品（　　）。

A.《蒹葭》　　　　　　B.《离骚》

C.《东山》　　　　　　D.《卫风·氓》

47.兄弟阋于墙，外御其侮”出自《诗经》（　　）。

A.《小雅·鹤鸣》　　　　　　B.《卫风·氓》

C.《小雅·棠棣》　　　　　　D.《豳风·东山》

48.采采芣苢，薄言采之。采采芣苢，________。”选出填写正确的一项（　　）。

A.薄言掇之　　B.薄言有之　　C.薄言捋之　　D.薄言袺之

49.“靡不有初，鲜克有终”，“克”的意思是（　　）。

A.克服　　B.能够　　C.战胜　　D.重量单位

50.“风雨潇潇，鸡鸣胶胶。既见君子，________？”选出填写正确的一项（　　）。

A.云胡不夷　　　　　　B.云胡不喜

C.云胡不瘳　　　　D.云胡不怒

51.“风雨如晦，鸡鸣不已。既见君子，________？”选出填写正确的一项（　　）。

A.云胡不夷　B.云胡不喜　C.云胡不瘳　D.云胡不怒

52.《诗经》中的风、雅、颂是按（　　）来划分的。

A.不同的地域　　　　B.不同的时期

C.音乐的性质　　　　D.篇幅的长短

53.“谁谓河广？________。谁谓宋远？跂予望之。”选出填写正确的一项（　　）。

A.一苇杭之　　　　B.在彼中河

C.曾不容刀　　　　D.曾不崇朝

54.表现同仇敌忾、共御外侮的诗是（　　）。

A.《鄘风·相鼠》　　　　B.《小雅·巷伯》

C.《大雅·荡》　　　　D.《秦风·无衣》

55.“有匪君子，如切如磋，如琢如磨。瑟兮僩兮，有匪君子，终不可谖兮！”这几句称赞了主人公的（　　）。

A.道德人品　　　　B.仪容装饰

C.器宇风度　　　　D.精神面貌

56.“风雨凄凄，鸡鸣喈喈。既见君子，________？”选出填写正确的一项（　　）。

A.云胡不夷　　　　B.云胡不喜

C.云胡不瘳　　　　D.云胡不怒

57.“彼黍离离，彼稷之苗。行迈靡靡，________。”选出填写正确的一项（　　）。

A.中心如焚　　B.中心如噎

C.中心如醉　　D.中心摇摇

58.《伐檀》与《硕鼠》艺术特点的相同之处是（　）。

A.四言诗　　B.比喻贴切

C.重章叠句　　D.宗庙祭祀

59."彼黍離離、彼稷之穗。行邁靡靡、________。"选出填写正确的一项（　）。

A.中心如焚　　B.中心如噎

C.中心如醉　　D.中心摇摇

60."生刍一束，其人如玉。"选自《诗经》（　）。

A.《小雅·白驹》　　B.《豳风·东山》

C.《陈风·月出》　　D.《邶风·击鼓》

61."高山仰止，景行行止"出自（　）。

A.《小雅·车舝》　　B.《小雅·鹤鸣》

C.《豳风·东山》　　D.《邶风·日月》

62.《诗经．小雅》的第一篇，所谓"四始"之一的诗是（　）。

A.《小雅·鹿鸣》　　B.《小雅·北山》

C.《小雅·鹤鸣》　　D.《小雅·采薇》

63.下列作品中，全诗采用重章叠唱的表现方式的是（　）。

A.《卫风．氓》B.《大雅．生民》C.《小雅．采薇》D.《秦风．蒹葭》

64."彼黍離離、彼稷之實。行邁靡靡、________。"选出填写正确的一项（　）。

A.中心如焚　　B.中心如噎

C.中心如醉　　D.中心摇摇

65.“既明且哲，以保其身”中的“哲”的意思是（　　）。

A.讲道理的　　B.有哲理的

C.保全自己　　D.聪明智力

66.《诗经. 卫风. 氓》中运用了比兴的艺术手法，下列句子中没有体现比兴手法的有（　　）。

A.桑之未落，其叶沃若　　B.于嗟鸠兮，无食桑葚

C.桑之落矣，其黄而陨　　D.及尔偕老，老使我怨

67.下列诗句采用了比兴手法的是（　　）。

A.氓之蚩蚩，抱布贸丝　　B.桑之未落，其叶沃若

C.夙兴夜寐，靡有朝矣　　D.及尔偕老，老使我怨

68.“静女其姝，俟我于城隅。爱而不见，骚首踟蹰。”这是一首（　　）诗。

A.爱情　　B.团聚　　C.思亲　　D.思乡

69.“我行其野，芃芃其麦”中的“芃”的意思是（　　）。

A.杂草丛生　　B.稀稀落落

C.草木凋零　　D.草木茂盛

70.“投我以桃，报之以李”出自（　　）。

A.《大雅·抑》　　B.《邶风·绿衣》

C.《卫风·氓》　　D.《鄘风·君子偕老》

三、判断题

1.《诗经·卫风·木瓜》反映的是一般的礼尚往来的情形。

（　　）

2.《诗经》中的作品主要有两个来源渠道:献诗和采诗。( )

3.《诗经·鄘风·相鼠》用丑陋的老鼠起兴，写出了统治者不知廉耻，不讲礼仪，连老鼠都不如。( )

4.《诗经·召南·甘棠》一诗是为了怀念周宣王的贤臣召伯，也写出了“前人栽树，后人乘凉”的道理。( )

5.“鸠占鹊巢”这个成语出自《诗经·召南·鹊巢》，写出了人们对占着鹊巢的鸠的厌恶之情。( )

6.“执子之手，与子偕老”的意思是:我会牵着你的手，和你一起老去。( )

7.《小雅》怨刺诗的作者，指斥政治黑暗时，也常感叹自身遭遇。( )

8.“自求多福”出自《诗经·大雅·文王》，意思是由得你自生自灭吧。( )

9.《诗经·邶风·式微》中“式微式微，胡不归?”表现了人们对田园生活的向往。( )

10.《诗经·豳风·七月》中以史诗般的气势记述农家的劳作、艰辛，以时间为线索将农家生活的方方面面展现出来。( )

11.《伐檀》是一首伐木者之歌，以激昂的情绪表达了他们对于剥夺者的愤怒和嘲讽。( )

12.《诗经》在押韵上有的句句押韵，有的隔句押韵，有的一韵到底，有的中途转韵，现代诗歌的用韵规律在《诗经》中几乎都已经具备了。( )

13.《诗经·周颂·敬之》:“敬之敬之，天维显思，命不易哉。无曰高高在上，陟降厥士，日监在兹。”“高高在上”的意思是“天子脱离百姓，不知世事”。　（　　）

14.成语“爱莫能助”出自《诗经·大雅·烝民》中的“我仪图之，维仲山甫举之，爱莫助之”，意思是“因为吝惜而没有帮助他”。　（　　）

15.《诗经·豳风·七月》中以史诗般的气势记述农家的劳作、艰辛，以时间为线索将农家生活的方方面面展现出来。　（　　）

16.“窈窕淑女，寤寐求之。求之不得，寤寐思服”中的“寤”的意思是睡眠。　（　　）

17.《诗经》中的国风共分周南、召南、王风等十五国风，雅分为大雅和小雅，颂分为周颂、鲁颂和商颂三部分。　（　　）

18.《诗经·秦风·无衣》通过士兵们同穿一件战袍来抒发将士们同仇敌忾的慷慨之气。　（　　）

19.许穆夫人是卫宣公之女，出嫁许穆公。眼见卫国覆亡，痛心疾首，前去吊唁，并力图用行动来拯救卫国。此举遭到许国君臣的阻挠，许穆夫人在忧愤之际写下了《载驰》这首诗。　（　　）

20.《诗经·秦风·无衣》通过士兵们同穿一件战袍来抒发将士们同仇敌忾的慷慨之气。　（　　）

21.《伐檀》是一首伐木者之歌，以激昂的情绪表达了他们对于剥夺者的愤怒和嘲讽。　（　　）

22.《诗经》中《载驰》的作者许穆夫人是中国诗歌史上出现

最早的女诗人。（ ）

四、阅读题

（一）阅读下面这章节选的《诗经》，回答问题。

《诗经·卫风·氓》节选

氓之蚩蚩，抱布贸丝。匪来贸丝，来即我谋。送子涉淇，至于顿丘。匪我愆期，子无良媒。将子无怒，秋以为期。

乘彼垝垣，以望复关。不见复关，泣涕涟涟。既见复关，载笑载言。尔卜尔筮，体无咎言。以尔车来，以我贿迁。

1.解说诗歌中反复出现的“复关”这个词的含义。

____

____

2.在本章诗歌中，为什么要刻画女主人公一会儿“泣涕涟涟”，一会儿又“载笑载言”？这样的刻画对全诗来说有什么作用？

____

____

（二）阅读下面诗歌，完成3~4题

采薇

昔我往矣，杨柳依依[①]。

今我来思，雨雪霏霏[②]。

行道迟迟，载饥载渴。

我心伤悲，莫知我哀。

［注释］①依依：柳条柔弱随风不定之貌。

②霏霏：雪飞貌。

3.对这首诗词句的解说不恰当的是（　　）。

A.“昔我往矣，杨柳依依”是说出征时是春天。“依依”形容柔弱的柳条随风摇摆不定 的样子，似乎是为人送行，又似乎表示挽留。

B.“今我来思，雨雪霏霏”是说归来时是冬天。“霏霏”是形容雨和雪下得很大，似乎 表示欢迎，又似乎表示冷漠。（提示：“霏霏”是形容雪下得很大）

C.“行道迟迟”的意思是慢慢地在路上走。

D.“今我来思”一句中的“思”是语助词。

4.对这首诗的分析，不恰当的一项是（　　）

A.这首诗运用了起兴的手法。（提示：这首诗没有运用起兴的手法）

B.前四句运用情景交融的手法，以出征时和归途中所见的不同景色对比，写出了内心 的伤悲。

C.这首诗写的是守边战士在归途中的心情，通过诗句，我们可以想象他们守边时的苦 况，对从军生活的厌倦，对和平的家庭生活的向往和留恋。

D. “行道迟迟，载饥载渴”两句是直接描写，最后两句是直接抒情，但感情是克制的、平和的，体现了《诗经》“哀而不伤”的特点。

以上这段话是《简·爱》中的节选，文段中的“他”为什么会说“上帝饶恕我”？

参考答案

专家命题　模拟演练

一、填空题

1.诗歌总集　西周初年　春秋中叶　诗三百　诗经

2.风　雅　颂　风　十五国风　国风　雅　大雅　小雅　颂

3.赋　比　兴　赋　比　兴　四言　重章叠句

4.离骚　诗经　国风　风骚

5.论语　孟子　大学　中庸

6.易经　诗经　尚书　礼仪　春秋

7.诗经　尚书　礼仪　乐经　易经　春秋

8.风　雅　颂　赋　比　兴

9.尔卜尔筮；以我贿迁。

10.其叶沃若；无食桑葚

11.夙兴夜寐

12.载饥载渴；靡使归聘

13.四牧骙骙；小人所腓

14.雨雪霏霏

二、选择题

1.C　2.A　3.C　4.C　5.D

6.B　7.A　8.A　9.B　10.A

11.C　12.B　13.A　14.C　15.D

16.B 17.D 18.C 19.D 20.C

21.A 22.D 23.A 24.D 25.C

26.B 27.D 28.B 29.A 30.B

31.D 32.C 33.C 34.D 35.C

36.C 37.B 38.C 39.B 40.B

41.D 42.A 43.B 44.A 45.D

46.D 47.C 48.B 49.B 50.C

51.B 52.C 53.A 54.D 55.A

56.A 57.D 58.C 59.C 60.A

61.A 62.A 63.C 64.B 65.D

66.D 67.B 68.A 69.D 70.A

三、判断题

略

四、阅读题

（一）

1.“复关”指代住在复关的男子，这是用与人物相关的事物代人，用的是借代，使语言含蓄而有变化。诗歌中多次出现“复关”这个词，是要表现女子对男子的强烈思念以及对婚事的期待与憧憬，用的是反复，反复的运用，使女子思想感情得到强调。

2. 表现女主人公在恋爱阶段真心切地、热切地爱恋着她的心上人，为后来女主人公被抛弃 时的悲伤心理做铺垫。

（二）

3.B 4. A

绿色印刷产品

一册在手　考试无忧

知识点考点　全方位梳理

最新考试真题　精选汇编

一线专家预测押题　考点题型精准分析

扫一扫 更精彩

上。公堂：学校。古代学校既用于教育，又是公共集会、举行仪式的场所。⑭称：举。

【译文】

七月火星偏西方，九月女工缝衣裳。十一月寒风刮得狂，腊月寒气刺骨凉。粗布衣服都没有，怎样过冬心悲伤！正月农具修整好，二月下地春耕忙。叫来老婆和孩子，饭菜送到田边头，农官老爷充饥肠。　七月火星偏西方，九月女工缝衣裳。春天太阳暖洋洋，黄莺吱喳枝头唱。姑娘手提深竹筐，沿着墙边小路旁，采呀采那柔嫩桑。春天日子渐渐长，采蒿人儿闹嚷嚷。姑娘心里暗悲伤，只怕公子看上抢。　七月火星偏西方，八月割苇好收藏。三月动手修桑树，拿起斧头拿起斨，高枝长条砍个光，攀着短枝摘嫩桑。七月伯劳树上唱，八月纺麻织布忙。染成黑红染成黄，我染深红最漂亮，为那公子做衣裳。　四月远志结子囊，五月知了声声唱。八月庄稼要收割，十月落叶随风扬。十一月里打貉子，剥下狐狸茸茸皮，好为公子做衣裳。腊月大伙聚一起，继续打猎练武忙。小猪自己留下来，大猪送到公府上。　五月蚱蜢弹腿响，六月蝈蝈抖翅膀。七月蟋蟀野地鸣，八月屋檐底下唱，九月跳进房门来，十月到我床下藏。打扫垃圾熏老鼠，泥好柴门封北窗。唉呀我的妻和儿，眼看就要过年关，避寒住进这破房。　六月郁李葡萄尝，七月煮葵烧豆汤。八月打下大红枣，十月收割稻米香。用来酿成好春酒，老爷饮了寿命长。七月采瓜食瓜瓤，八月葫芦摘个光，九月拾麻好收藏。采来苦菜砍臭椿，是咱农夫半年粮。　九月筑好打谷场，十月庄稼要进仓，谷子黄米和高粱，栗麻豆麦分开放。唉呀可叹咱农夫！庄稼刚刚收拾完，又要服役修宫房。白天割来粗茅草，晚上搓绳长又长，急忙上屋把顶盖，开春要播各种粮。 腊月凿冰通通响，正月关进冰窑藏。二月起早行祭礼，献上韭菜和小羊。九月天高气又爽，十月萧瑟树叶黄。两壶美酒大家饮，举刀宰了小羔羊，踏上台阶进公堂。高高举起牛角杯，同声高祝寿无疆！

【解析】

本诗是一首有着重要史料价值的农事诗，也是《国风》里最长的一首诗。它按照时间顺序，详尽而又生动地记录了西周时代农民一年的劳动与生活情况，真实地反映了当时的农业生产状况和生产关系。从那两种对比悬殊的生活中，我们不难看到贵族对农民的残酷剥削和压迫。全诗结构严谨，语言朴实，淳厚古雅，自然天成，有一种阔大恢宏的品格。

鸱 鸮

鸱鸮鸱鸮[①]，既取我子，无毁我室。恩斯勤斯，鬻子之闵斯[②]。 迨天之未阴雨，彻彼桑土[③]，绸缪牖户[④]。今女下民，或敢侮予？ 予手拮据[⑤]，予所捋荼，予所蓄租[⑥]，予口卒瘏，曰予未有室家。 予羽谯谯[⑦]，予尾翛翛[⑧]。予室翘翘[⑨]，风雨所漂摇，予维音哓哓[⑩]。

【注释】

①鸱鸮（chī xiāo）：猫头鹰。诗人以它比喻坏人。②鬻（yù）：育

之借字。闵：病困。③彻：同“撤”，剥取。土：同“杜”。桑土：桑根。④绸缪：缠绵、紧密缠缚。牖户：窗门，这里指鸟巢的破洞。⑤拮据：过度疲劳而手指僵硬。⑥租：干草。⑦谯谯（qiáo）：羽毛枯焦的样子。⑧翛（xiāo）：鸟羽干缩的样子。⑨翘翘：形容鸟巢高耸危险。⑩哓哓（xiāo）：恐惧的叫声。

【译文】

猫头鹰啊！你已经抓走我的幼子，不能再破坏我的巢。恩爱呀辛劳呀，生养孩子多么可怜呀。　趁着天还没有下雨，取那桑枝泥土，修缮好窗门。如今你们树下的人们，说不准也要欺侮我。　我的手累得发麻，采来野草把窝垫，我还贮存过冬粮。我的嘴累病了，唉！我的家还未筑好。　我的羽毛零落，我的尾巴残破，我的巢危险欲坠。风刮雨浇的飘摇中，直吓得我呀尖声叫。

【解析】

这是我国最早的一首寓言诗，用一只雌鸟的口吻，哀诉自己持家的辛苦和遭到猫头鹰欺凌的不幸遭遇，以及目前的危急处境，艺术地折射出了当时下层人民生活的苦难艰辛和对强暴的统治者的极端愤恨。

东　山

我徂东山[1]，慆慆不归[2]。我来自东，零雨其濛[3]。我东曰归，我心西悲[4]。制彼裳衣，勿士行枚[5]。蜎蜎者蠋[6]，烝在桑野[7]。敦彼独宿，亦在车下[8]。　我徂东山，慆慆不归。我来自东，零雨其濛。果臝之实[9]，亦施于宇[10]。伊威在室[11]，蠨蛸在户[12]。町畽鹿场[13]，熠耀宵行[14]。不可畏也，伊可怀也[15]。　我徂东山，慆慆不归。我来自东，零雨其濛。鹳鸣于垤[16]，妇叹于室。洒扫穹窒[17]，我征聿至[18]。有敦瓜苦[19]，烝在栗薪[20]。自我不见，于今三年。　我徂东山，慆慆不归。我来自东，零雨其濛。仓庚于飞，熠耀其羽。之子于归，皇驳其马[21]。亲结其缡[22]，九十其仪[23]。其新孔嘉[24]，其旧如之何[25]？

【注释】

①徂（cú）：往。东山：山名，又称蒙山，在春秋鲁国境内，位于今山东费县。②慆慆（tāo）：长久的样子。③零雨：细雨。其濛：濛濛，迷迷茫茫的样子。其，形容词词头。④我心西悲：我的心向西而悲——因思念西方家乡的亲人而悲伤。⑤“制彼”二句：谓从此可以换上普通人的服装，不再当兵打仗了。裳衣：指普通服装。士：通“事”，从事。行枚（háng méi）：指军旅生活。古代行军，为防止士兵出声、讲话，每个士兵口中横衔着一根竹木条，叫横枚。行，通“横”。⑥蜎蜎（yuān）：虫子屈曲蠕动的样子。蠋（zhú）：野生的桑蚕。⑦烝（zhēng）：时间久长。⑧“敦彼”二句：说自己也像虫子一样蜷卧在车下过夜。敦：蜷缩成团的样子。⑨果臝（luǒ）：瓜蒌。葫芦一类的蔓生植物。⑩施（yì）：蔓延、攀援伸展。宇：屋檐。⑪伊威：虫名。灰色、多足，生活在墙根、缸底潮湿处，又叫地虱、小土鳖。⑫蠨蛸（xiāo shāo）：虫名，长脚蜘蛛。俗称蟢

蛛、喜子。“町畽”句：说自己屋前成了野兽出没的地方。⑬町畽（tǐng tuǎn）：屋边的空地，特别指被野兽踏出来的空地。《说文》：“禽兽所践处地。”⑭熠（yì）耀：闪闪发光的样子。宵行：磷火，俗称鬼火。一说萤火虫。⑮伊：是、此。指上文所说的荒芜了的家园。⑯鹳（guàn）：水鸟名。长足长颈，形似鹤、鹭。垤（dié）：蚂蚁窝边的土堆。⑰穹窒：堵墙洞。⑱聿（yù）至：马上到。聿，语助词。⑲有敦（chuán）：敦敦，团团，圆圆的样子。瓜苦：瓜瓠，也就是瓠瓜，葫芦瓜。古人结婚时，行合卺（jǐn）礼，把一个瓠瓜剖为两半，夫妇各执半瓢，盛酒对饮。⑳栗薪：柴堆。栗，堆积。这里说，合卺时的瓜瓢丢在柴堆上三年了，一则表示新婚不久男人就被迫参军，离开了家；一则暗示已经三年没过夫妻生活了。㉑皇驳：指毛色驳杂、艳丽。黄伯相间为皇，赤白相间称驳。㉒亲结其缡（lí）：女孩出嫁前，母亲亲手把佩巾结在女孩的腰带上。缡，佩巾。缡、离同音，意义相关。㉓九十：九、十，表示多数。㉔新：指新婚。孔：极。㉕旧：指久别重逢。如之何：怎么对待它。

【译文】

我随大军去往东山，多少冬春不得归还。如今我从东方回来，细雨蒙蒙天色黯然。我从东方说要还乡，我心西向无尽悲伤。缝好一身百姓衣裳，别再当兵行军打仗。野蚕蠕动着身躯，躲藏在桑树地里。我蜷缩着身子独宿，在那驿车的车厢底。　我随大军去往东山，多少冬春不得归还。如今我从东方回来，细雨蒙蒙天色黯然。当年的葫芦结了实，也该垂挂在屋檐前。土鳖横行在屋里，蜘蛛结网在大门边。门前空地成了野鹿场，场中但见鬼火闪。家园荒凉不可怕啊，那真叫人牵挂啊！　我随大军去往东山，多少冬春不得归还。如今我从东边回来，细雨蒙蒙天色黯然。白鹳在蚁窝上长鸣，媳妇在空房里长叹。快快堵好墙洞吧，我赶路就要到门前。那只圆圆的葫芦瓜，依旧丢在那柴堆边。从我离家见不到它，如今冷落了整三年。　我随大军去往东山，多少冬春不得归还。如今我从东边回来，细雨蒙蒙天色黯然。想起当年黄莺飞，羽毛闪亮多么美。想起当年你出嫁，婚车驾着大花马。娘亲手给你结佩巾，各种各样礼仪求吉祥人。新婚之乐实在好啊，久别重逢，不知该多亲！

【解析】

这是一首写久戍东方的士兵，在返家途中强烈地思乡怀亲的诗作。诗的抒情手法极其高超，极善于通过对想象中的典型环境的刻画来突现主人翁的思归心切，实在是古诗中不可多得的佳作。诗共四章，每章开头四句词句全同，反复述说着自己离家多年不得回归，如今踏上归途，恰遇蒙蒙细雨，而心境也像雨雾一样蒙蒙——不知家乡、亲人的情况究竟如何。下面八句则各章不同，极有层次地刻画了思乡人的心理活动。一章侧重写自己返乡途中的孤独感，这孤独实际上是多年孤独生活的缩影；二章侧重写对家乡的思念，表示即使家乡已如设想中的荒芜，依然“伊可怀也”；三、四章侧重写对妻子的思念，两章写法又各有不同，三章是想象妻子在苦盼自己，还不知自己已将返家，将要带给她多少惊喜；四章追忆新婚情景，设想久别重逢的巨大欢乐。这样生动、深刻而富有想象力的描写，实在令人拍案叫绝。

雅

阳光阅读

YANGGUANG YUEDU DIANCANGBAN

典藏系列

阅读改变人生

◎小　雅

鹿鸣之什

鹿　鸣

呦呦鹿鸣[①]，食野之苹。我有嘉宾，鼓瑟吹笙。吹笙鼓簧[②]，承筐是将[③]。人之好我，示我周行。　呦呦鹿鸣，食野之蒿。我有嘉宾，德音孔昭。视民不恌[④]，君子是则是效。我有旨酒，嘉宾式燕以敖。　呦呦鹿鸣，食野之芩。我有嘉宾，鼓瑟鼓琴。鼓瑟鼓琴，和乐且湛。我有旨酒，以燕乐嘉宾之心。

【注释】

①呦呦：鹿叫的声音。②簧：笙中的舌片。鼓簧：用手按簧，吹出笙的各种节奏音调。③承：奉上。筐：盛币帛的竹器，亦名长筐。将：送。④视：同“示”字。恌（tiāo）：同“佻”，轻薄。

【译文】

野鹿呼伴呦呦叫，在那野外吃野苹。我有许多好宾客，鼓瑟吹笙把他邀。娱宾吹笙又鼓簧，赠送币帛盛满筐。他们对我那么好，指我大路好方向。　野鹿呼伴呦呦叫，在那野外吃青蒿。我有许多好宾客，谈吐高雅道理明。示人宽厚不轻薄，君子纷纷来仿效。我有佳肴和美酒，邀客饮酒又逍遥。　野鹿呼伴呦呦鸣，在那野外吃黄芩。我有许多好宾客，招待他们鼓瑟琴。招待他们鼓琴瑟，大家快乐能尽兴。我有佳肴和美酒，使客快活乐在心。

【解析】

这是一首贵族宴会宾客群臣的诗，诗中以鹿鸣起兴，描写了宴会的场面、仪式和气氛，有很多赞美宾客的话语。这是小雅的首篇，是《诗经》“四始”之一。（关于《诗经》四始，有好几种说法，其中一种认为是风、大小雅、颂的首篇，即《关雎》为风之始，《鹿鸣》为小雅之始，《文王》为大雅之始，《清庙》为颂之始，也是《诗经》中的名篇。）

常　棣

常棣之华[①]，鄂不韡韡[②]。凡今之人，莫如兄弟。　死丧之威，兄弟孔怀。原隰裒矣[③]，兄弟求矣。　脊令在原[④]，兄弟急难。每有良朋，况也永叹。　兄弟阋于墙[⑤]，外御其务[⑥]。每有良朋，烝也无戎[⑦]。　丧乱既平，既安且宁。虽有兄弟，不如友生。　傧尔笾豆[⑧]，饮酒之饫[⑨]。兄弟既具[⑩]，和乐且孺。　妻子好合，如鼓瑟琴。兄弟既翕[⑪]，和乐且湛[⑫]。　宜尔室家，乐尔妻帑。是究是图，亶其然乎[⑬]？

【注释】

①常棣：即棠梨树。②鄂：通“萼”，花萼。不：花蒂。韡韡（wěi）：鲜明的样子。③裒（póu）：聚集、减少。这里引申为自然界的变化。④脊令：即鹡鸰，水鸟名。原：平原。⑤阋（xì）：争斗。⑥务：通“侮”。⑦烝：长久，久。戎：帮助。⑧傧：陈列。笾（biān）：祭祀用的竹制器具。豆：盛肉用的木制器具。⑨之：犹是。饫（yù）：吃饱喝足。⑩具：通“俱”。既具：已经都来齐。⑪翕（xī）：合，聚合。⑫湛（dān）：喜乐。⑬亶（dǎn）：确实。其：指“宜室家，乐妻帑”。然：这样。

【译文】

棠棣花开真鲜艳，花萼花蒂同根生。试看如今世上人，没人能比兄弟情。　死亡威胁最可怕，只有兄弟最关心。聚土成坟在荒原，只有兄弟来相寻。　鹡鸰流落在高原，兄弟着急来救难。平时虽是好朋友，看你遭难只长叹。　兄弟在家虽争吵，却能同心抗强暴。平时虽有好朋友，事到临头难依靠。　死丧祸乱既平定，一家生活也安宁。那时虽有亲兄弟，反觉不如朋友亲。　大碗小碗摆上来，又是喝酒又吃菜。兄弟已经都来齐，家宴和乐又亲爱。　情投意合妻子好，弹琴奏瑟同到老。兄弟感情既融洽，和睦相处乐陶陶。　妥善安排你家庭，妻子儿女喜盈盈。认真考虑细思量，此话是否是真理?

【解析】

这是一首宴请兄弟，描写兄弟关系的诗。诗人认为：虽然在太平安乐的时候，兄弟似乎比不上朋友亲密，但当发生丧乱的时候，真正能帮助自己、救自己于危难之中的，还是兄弟和亲人。当然这首诗是有一定社会背景的，周初实行诸侯分封制，其中有很多同姓诸侯，但由于利益冲突，他们也经常发生战争，为了解决纷争，他们特别强调“同姓”之亲，强调兄弟之情，是可以理解的。现在“兄弟阋于墙，外御其务”已经成了妇孺皆知的成语。

伐木

伐木丁丁①，鸟鸣嘤嘤。出自幽谷，迁于乔木。嘤其鸣矣，求其友声。相彼鸟矣，犹求友声。矧伊人矣②，不求友生？神之听之③，终和且平。 伐木许许④，酾酒有藇⑤。既有肥羜⑥，以速诸父⑦。宁适不来，微我弗顾。於粲洒扫⑧，陈馈八簋⑨。既有肥牡⑩，以速诸舅。宁适不来，微我有咎。 伐木于阪，酾酒有衍。笾豆有践，兄弟无远。民之失德⑪，干糇以愆⑫。有酒湑我⑬，无酒酤我。坎坎鼓我⑭，蹲蹲舞我⑮。迨我暇矣，饮此湑矣。

【注释】

①丁丁（zhēng）：刀斧砍树的声音。②矧（shěn）：何况。伊人：这人。③神之听之：一般释为“神明听之”。④许许（hǔ）：伐木时共同用

力的呼声。⑤酾（shī）：滤酒。下章的“酾”是斟的意思。有萸（xù）：形容酒味美。⑥羜（zhù）：出生五个月的小羊。⑦速：召，邀请。诸父：对同姓长辈的尊称。⑧於（wū）：叹美词。粲：鲜明干净。⑨陈：陈列，摆设。馈：食物。簋（guǐ）：盛食品的器具。⑩牡：指雄性的小羊。⑪失德：指失去朋友的交谊。⑫干糇：本义是干粮。此泛指粗薄的点心。愆：过错。⑬湑（xǔ）：滤。末句的湑指滤过的酒。⑭坎坎：击鼓声。⑮蹲蹲（cún）：形容跳舞合乐的姿态。

【译文】

砍起树木叮叮响，林中小鸟嘤嘤唱。小鸟本从深谷出，飞来住到大树上。鸟儿嘤嘤啼不住，呼伴引类声欢畅。看那小鸟是飞禽，尚且求友不断唱。何况我们是人类，哪能无友度一生？天神听说人相爱，也会把那和平降。　呼起号子砍树忙，筛出美酒喷喷香。备好肥嫩小羔羊，请我伯叔来尝尝。宁可凑巧他不来，非我把他撇一旁。屋里扫得真清爽，八盘好菜都摆上。备好肥嫩小公羊，请我长辈来尝尝。宁可凑巧他不来，免叫他人说短长。　小山坡上来砍树，酒已满杯快要淌。盘儿碗儿排整齐，兄弟之间别相疏。人们为啥失友情，饭菜不周致亦恶。家里有酒筛出来，没酒店里买一壶。敲起鼓儿咚咚响，扬起长袖翩翩舞。趁着今朝有空闲，把这清酒喝下肚。

【解析】

这是一首宴请亲戚故旧的诗。全诗以“伐木丁丁，鸟鸣嘤嘤”起兴，

第一章强调连鸟儿都用鸣声呼朋唤友，人类更应重视友情亲情。第二章写盛情准备酒肴并邀请各方亲友赴宴。第三章描写宴会酬酢情形。

采薇

采薇采薇①，薇亦作止。曰归曰归，岁亦莫止。靡室靡家，猃狁之故②。不遑启居③，猃狁之故。　采薇采薇，薇亦柔止。曰归曰归，心亦忧止。忧心烈烈，载饥载渴。我戍未定，靡使归聘④！采薇采薇，薇亦刚止⑤。曰归曰归，岁亦阳止。王事靡盬⑥，不遑启处。忧心孔疚，我行不来！彼尔维何⑦？维常之华。彼路斯何⑧？君子之车。戎车既驾，四牡业业。岂敢定居？一月三捷！　驾彼四牡，四牡骙骙⑨。君子所依，小人所腓⑩。四牡翼翼⑪，象弭鱼服⑫。岂不日戒？猃狁孔棘！　昔我往矣，杨柳依依⑬。今我来思，雨雪霏霏⑭。行道迟迟，载渴载饥。我心伤悲，莫知我哀！

【注释】

①薇：豆科植物，今名野豌豆苗。②猃狁（xiǎn yǔn）：我国古代北方的少数民族。③不遑：没有空闲。启：跪起。居：坐下。古人席地而坐。④聘：探问，指探问家人。⑤刚：硬。指薇菜的茎叶变得老而硬。⑥王事：指征役。靡：没有。盬：止息。⑦尔：同"苶"，花盛开的样子。维：是。⑧路：同"辂"，高大的车，将帅作战时所用。斯：是。⑨骙骙：马强壮的样子。⑩腓（féi）：隐蔽。⑪翼翼：行动熟练整齐的样子。

⑫象弭：两端用象骨装饰的弓。鱼服：用鲨鱼皮制的箭袋。⑬依依：柳枝茂盛而随风飘拂的样子。⑭雨雪：下雪，雨用作动词。霏霏：雪花纷飞的样子。

【译文】

采薇采薇一把把，薇菜新芽已长大。说回家呀说回家，眼看一年又完啦。没有妻子没有家，要和猃狁去厮杀。没有空闲坐下来，要知猃狁去厮杀。　采薇采薇一把把，薇菜柔嫩初发芽。说回家呀说回家，心里忧闷多牵挂。满腔愁绪火辣辣，又饥又渴真难熬。驻地至今难定下，书信无人捎回家！　采薇采薇一把把，薇菜枝芽已变老。说回家呀说回家，转眼十月已到啦。王室差事没个完，想要休息没闲暇。满腔愁绪真苦煞，只怕从此难回家。　什么花儿开得盛？密密层层棠棣花。什么车儿高又大？将军战车要出发。兵车已经套上马，四匹公马壮又大。边地怎敢图安居？一月数胜为邦家！　驾起四匹大公马，马儿雄骏高又大。将军威武倚车立，兵士掩藏也靠它。四匹马儿多齐整，鱼皮箭袋雕弓挂。哪有一天不戒备，军情紧急难卸甲！　回想当初出征日，杨柳依依随风斜。如今归来路途中，大雪纷纷漫天洒。道路泥泞脚步慢，又渴又饿又疲乏。我心伤感满腔愁，没人体会苦生涯！

【解析】

这是一首描写出征战士久役之后回返家乡时的复杂心情的诗歌，是《诗经》中一首著名的行役诗。诗中所表达的“忧心烈烈”的思想感情，既有久役之后对家乡亲人的思念，而更多的是对国家命运的担心和焦虑。诗中“昔我往矣，杨柳依依。今我来思，雨雪霏霏”两句，捕捉住了两个不同季节最具代表性的场景，构成了鲜明的对比，很好地烘托出了一个“我心伤悲，莫知我哀”的主人公形象，是《诗经》中的名句。全诗情景交融，是诗人心声在诗歌意象和手法上的自然流露。无论在“杨柳”“雨雪”的诗歌意象上，还是对比的手法上，都对后世文人创作产生了很大的影响。

南有嘉鱼

南有嘉鱼，烝然罩罩①。君子有酒，嘉宾式燕以乐。　南有嘉鱼，烝然汕汕。君子有酒，嘉宾式燕以衎②。　南有樛木，甘瓠累之。君子有酒，嘉宾式燕绥之。　翩翩者鵻③，烝然来思。君子有酒，嘉宾式燕又思④。

【注释】

①烝：众多。罩罩：鱼群游的样子。②衎（kàn）：乐。③鵻（zhuī）：鹁鸪。④又：通“侑”，指劝酒。

【译文】

产于南国的鱼儿真鲜美，鲜鱼游动摆摆尾。君王筵席有醇香的美酒，客人们喝得乐陶陶。　产于南国的鱼儿真鲜美，群鱼游动水中戏。君王宴会醇香的美酒，客人们喝得真快乐。　南国的树木向下弯曲，葫芦的藤蔓缠绕着它。君王宴会有醇香的美酒，客人们喝得真够味。　翩翩飞舞的鹁鸪鸟，一群群地飞到树上。君王宴会有醇香的美酒，客人欢饮劝满觞。

【解析】

这是一首贵族燕飨宾客之歌。诗中说“君子有酒”则“嘉宾式燕以乐”，隐含有招诱人才、款待贤者的意思，故而《诗序》说此诗写的是招贤：“太平之君子至诚，乐与贤者共之也。”诗极富节奏感，读起来朗朗上口。

南山有台

南山有台①，北山有莱②。乐只君子，邦家之基。乐只君子，万寿无期！　南山有桑，北山有杨。乐只君子，邦家之光。乐只君子，万寿无疆！　南山有杞，北山有李。乐只君子，民之父母。乐只君子，德音不已！　南山有栲③，北山有杻。乐只君子，遐不眉寿。乐只君子，德音是茂！　南山有枸④，北山有楰⑤。乐只君子，遐不黄耇⑥。乐只君子，保艾尔后！

【注释】

①台：通“薹”，草名，又名莎草，可做蓑衣。②莱：又作藜，草

名。嫩叶可食。③栲：一种常绿乔木，木质坚密，皮可制烤胶或染鱼网。④枸（jǔ）：木名，即枳椇。⑤楰（yú）：苦楸。⑥黄：指老人头发白后发黄。耇（gǒu）：老。

【译文】

南山莎草绿萋萋，北山遍地长野藜。得到君子多快乐，国家靠你做根基。得到君子多快乐，祝你万寿无穷期。　南山遍地有嫩桑，北山到处长白杨。得到君子多快乐，国家有你增荣光。得到君子多快乐，祝你万寿永无疆。　南山杞木株连株，北山冈上长李树。得到君子多快乐，民众尊你是父母。得到君子多快乐，你的美名永记住。　南山栲树绿油油，北山杻树满山丘。得到君子多快乐，怎不盼你享长寿。得到君子多快乐，你的美名传九州。　南山枸树到处有，北山遍地是苦楸。得到君子多快乐，怎不愿你永长寿。得到君子多快乐，保养子孙传千秋。

【解析】

这是一首祝寿歌，也用在贵族宴会上。诗所祝福的对象显然是地位极高的人物，故而被称为“民之父母”、“邦家之基”、“邦家之光”。诗五章，每章六句，前两句起兴，后四句祝颂，所颂不出德高、寿永、后继有人三层意思，可以说是后代“歌德诗”的模型。

蓼 萧

蓼彼萧斯[①]，零露湑兮[②]。既见君子，我心写兮。燕笑语兮，是以有誉处兮。蓼彼萧斯，零露瀼瀼[③]。既见君子，为龙为光。其德不爽，寿考不忘。 蓼彼萧斯，零露泥泥。既见君子，孔燕岂弟[④]。宜兄宜弟，令德寿岂。 蓼彼萧斯，零露浓浓。既见君子，鞗革冲冲[⑤]。和鸾雍雍[⑥]，万福攸同。

【注释】

①蓼（lù）：长大的样子。萧：艾蒿，菊科植物，有香气。②湑（xǔ）：露水盛美的样子。③瀼瀼（ráng）：露盛的样子。④孔燕：盛宴。岂弟：同“恺悌”，和易近人。⑤鞗（tiáo）：亦作“鋚”，铜制马勒的装饰。革：假借为勒，即马络头。冲冲：形容马勒装饰的鞗下垂的样子。⑥和鸾：都是车铃。挂在轼上叫和，挂在衡上叫鸾。雍雍：谐和。

【译文】

高大粗壮的香蒿上，露水儿清澈透亮。我已经见到了君子，心里是多么舒畅。宴饮时说着笑着，这里是安乐的地方。 高大粗壮的香蒿上，露珠儿滚滚在蒿上。我已经见到了君子，使人感到十分荣耀。他的德行没有偏差，愿他长寿永远安康。 高大粗壮的香蒿上，露水儿晶莹剔透。我已经见到了君子，无比欢乐和睦。亲密无间好兄弟，品德高尚寿乐齐集。 高大粗壮的香蒿上，露水儿浓厚清亮。我已经见到了君子，马辔低低垂下来。铃当儿响得叮叮当，万种福禄齐聚您的殿堂。

【解析】

这是一首颂歌，是诸侯朝觐周天子时演唱的。诗的内容，一方面歌颂天子雨露恩重，祝福天子万寿无疆，另一方面又表现了诸侯与天子关系的亲密和谐。对颂者与被颂者，实际上都是一种自颂而已，故《诗集传》说："诸侯朝于天子，天子与之燕以示慈惠，故歌此诗。"示慈惠而使诸侯歌之，这类颂辞，历代多有。

湛露

湛湛露斯①，匪阳不晞。厌厌夜饮，不醉无归。 湛湛露斯，在彼丰草。厌厌夜饮，在宗载考。 湛湛露斯，在彼杞棘②。显允君子③，莫不令德。 其桐其椅④，其实离离。岂弟君子，莫不令仪。

【注释】

①湛湛：露水浓重的样子。②杞棘：枸杞和酸枣树。③显：光明。允：诚信。④桐：梧桐树。椅：山桐子树。

【译文】

早晨露水重又浓，不晒太阳它不干。夜间宴饮安又闲，酒不喝醉莫回还。 浓浓露水闪亮光，沾在茂盛野草上。夜间宴饮多舒畅，宗庙燕享乐钟响。　浓浓露水闪亮光，沾在枸杞酸枣上。坦荡诚信的君子，品德美好有名望。　桐树椅树到深秋，果实累累满枝头。君子和气又平易，彬彬有礼好仪容。

【解析】

这是一首在贵族宴会上演唱的劝酒歌。与宴的是同宗亲戚，他们“厌厌夜饮，不醉无归”，当然是为了凝聚宗族的力量。《毛诗序》说此诗是“天子燕诸侯也”。此诗本用于天子宴诸侯，后来诸侯宴大夫也用了。写此诗的目的是使诸侯听命效力，扩而大之，自然也可使宗族成员为宗族的利益卖力了。

彤　弓

彤弓弨兮[①]，受言藏之。我有嘉宾，中心贶之[②]。钟鼓既设，一朝飨之[③]。　彤弓弨兮，受言载之。我有嘉宾，中心喜之。钟鼓既设，一朝右之。　彤弓弨兮，受言櫜之[④]。我有嘉宾，中心好之。钟鼓既设，一朝酬之[⑤]。

【注释】

①弨（chāo）：放松弓弦。②贶（kuàng）：赠送。③飨：当时盛大宴会的名称。④櫜（gāo）：弓袋。⑤酬：宾主彼此敬酒的意思。

【译文】

朱红的长弓已松开弦，接过来并把它收藏。我有一些贵客嘉宾，诚心赠物表恩宠。钟与鼓已经架好，从早摆宴到日中。　朱红的长弓已松开弦，接过来并把它收藏。我有一些贵客嘉宾，打心眼里喜欢他。钟与鼓已经架好，一早设宴劝酒忙。　朱红的长弓已松开弦，接过来并把它收藏。我有一些贵客嘉宾，打心眼里热爱他。钟与鼓已经架好，同时表示酬谢他。

【解析】

这是一首在庆功宴上演唱的歌。“彤弓”实际上是一种权力的象征，诸侯受赐，以示其有代天子征伐的权力。朱熹说：“此天子燕有功诸侯，而赐以弓矢之乐歌也。”这首诗歌也经常用在贵族宴会上面，前引《左传》载鲁文公为宁武子赋《湛露》、赐彤弓可以为证。第一章言赐弓而飨之。“受言藏之”说明很郑重，不是轻赉滥赏。每章三、四句天子赞美诸侯，显示天子的平易谦和及对诸侯的爱护之情。

菁菁者莪

菁菁者莪[①]，在彼中阿。既见君子[②]，乐且有仪。　菁菁者莪，在彼中沚[③]。既见君子，我心则喜。　菁菁者莪，在彼中陵。既见君子，锡我百朋[④]。　泛泛杨舟，载沉载浮。既见君子，我心则休。

【注释】

①菁菁（jīng）：茂盛的样子。莪（é）：萝蒿。②君子：这里指保氏，即掌管教育的官吏。③沚：水中沙洲。④朋：古人以贝壳为货币，五贝为一串，两串为一朋。

【译文】

萝蒿长得长又长，在那山丘的中央。已经见到那位君子，精神愉快有楷模。 萝蒿长得长又长，在那水中的小洲。已经见到那位君子，我们心里喜洋洋。 萝蒿长得长又长，在那丘陵的地方。已经见到那位君子，如同赐给我重金一样。 杨木船儿在水中摇荡，上下起伏随波荡漾。已经见到那位君子，我心里喜悦又欢畅。

【解析】

这是一首迎宾曲，是在宴请贵宾时唱的。这首诗的内容比较含蓄，前三章说，山上长着萝蒿，我见到那个人心里很高兴，就像获得了丰厚的赏赐一般。末章以泛舟作比，说只有见到那个人，心里才安定下来。诗中似乎本意该是反映男女恋情的，被采辑而用为宴飨音乐以后，赋予了另外的含义。《诗序》说：“《菁菁者莪》，乐育材也。君子能长育人材，则天下喜乐之矣。”从诗的文字，虽看不出明显的“乐育材”之义，但由于《诗序》影响巨大，后世“菁莪”便成了育材的典故。

六 月

六月栖栖[①]，戎车既饬[②]。四牡骙骙[③]，载是常服[④]。猃狁孔炽[⑤]，我是用急[⑥]。王于出征[⑦]，以匡王国[⑧]。 比物四骊[⑨]，闲之维则[⑩]。维此六月，既成我服。我服既成，于三十里[⑪]。王于出征，以佐天子。 四牡脩广[⑫]，其大有颙[⑬]。薄伐猃狁，以奏肤公[⑭]。有严有翼[⑮]，共武之服[⑯]。共武之服，以定王国。 猃狁匪茹[⑰]，整居焦获[⑱]。侵镐及方[⑲]，至于泾阳[⑳]。织文鸟章[㉑]，白旆央央[㉒]。元戎十乘[㉓]，以先启行[㉔]。 戎车既安，如轾如轩[㉕]。四牡既佶[㉖]，既佶且闲。薄伐猃狁，至于大原[㉗]。文武吉甫[㉘]，万邦为宪[㉙]。 吉甫燕喜，既多受祉[㉚]。“来归自镐，我行永久。”饮御诸友[㉛]，炰鳖脍鲤[㉜]。侯谁在矣？张仲孝友。

【注释】

①六月：古代兵法惯例，一般六月不出兵。但因猃狁入侵，边事紧急，故在六月出兵抵抗。栖栖（xī）：忙碌紧张的样子。②戎车：兵车。饬（chì）：整治。③骙骙（kuí）：马强壮的样子。④常服：兵士作战时穿的军服。⑤猃狁（xiǎn yǔn）：我国古代少数民族，分布今甘肃、陕西等地。炽：盛。⑥是用：是以，因此。⑦于：同“曰”，语助词。⑧匡：救助。⑨比：比较选择。物：指马。骊：黑马。⑩闲：熟练。则：法则。⑪于：往。⑫脩广：又高又大。⑬有颙：即颙颙，形容马高头大。⑭奏：为。肤：大。公:通“功”。⑮有严：即严严，威武严肃的样子。有翼：即翼翼，恭敬谨慎的样子。⑯服：事。⑰茹：柔弱。⑱整：整队。居：居

住。焦、获：皆地名，在今陕西泾阳西北。⑲镐（hào）：地名，在今宁夏灵武及其附近。方：朔方。⑳泾阳：地名，在今甘肃平凉县西。㉑织：徽记。当时士卒衣服背后缝有红布的徽记。鸟章：指将帅的旗帜，旗上画有鸟隼。文、章：均指花纹。㉒旆（pèi）：旗端状如燕尾的飘带。央央（yīng）：鲜明的样子。㉓元戎：大的战车。㉔启：开。这里指冲开。行：行列。指敌军的行列。㉕轾：车向下俯。轩：车向上昂。这句写兵车的运行自如，并未因战争而损坏。㉖佶（jí）：整齐貌。㉗大原：地名，在今甘肃固原。㉘文武：能文能武。吉甫：尹吉甫，这次出征的大将。㉙宪：法则、榜样。㉚祉：福。指受周王赏赐之福。㉛御：进献。㉜炰（páo）：蒸煮。脍（kuài）：细切鱼或肉。㉝侯：维，发语词。㉞张仲：人名，当时大臣。孝：亲善父母。友：亲善兄弟。

【译文】

六月出兵好紧张，整理兵车备战忙。四匹公马肥又壮，士兵军服装载上。可恨猃狁太猖狂，我军急行守边防。周王命令我出征，保我邦国保我王。　四匹黑马选得壮，驾马技术练习忙。就在盛夏六月里，军服制成好穿上。新制军服穿上身，日行卅里赴边疆。周王命令我出征，帮助天子战强梁。　四匹公马高又壮，大头大脑气昂昂。同心勉力讨猃狁，建立大功安周邦。将帅威武又谨严，共管战事守国防。共同管好国防事，卫我国家安我王。　猃狁不弱非窝囊，驻兵焦获战线长。侵略宁夏和朔方，深入甘肃到泾阳。我军挂徽竖鹰旗，旗端飘带白又亮。大型战车有十乘，冲开敌垒勇难挡。　战车安然奏凯还，俯仰自如无损伤。四匹公马真雄壮，说它雄壮却驯良。同心勉力讨猃狁，深入太原敌胆丧。能文能武尹吉甫，四方诸侯好榜样。 宴请吉甫庆喜事，接受赏赐多吉祥。“我从镐地班师归，路上行军日子长。”斟满美酒敬好友，蒸鳖脍鲤佳肴香。宴会座中还有谁？孝友张仲有名望。

【解析】

这是一首记叙周宣王命尹吉甫率兵讨伐猃狁的叙事诗。诗从猃狁进犯，气焰嚣张，形势十分紧迫写起，前五章的笔墨主要放在周军战备的充分、军容的整肃、内部的团结上，对战斗的过程，只是一笔带过，突出了周军主帅尹吉甫决胜于千里之外的才能。最后一章写尹吉甫宴会友人，庆祝胜利，突出他不居功自傲的品质。结尾两句说了张仲孝友，似与本文无关，实际上是暗写尹吉甫的孝友品德。这首诗为北伐猃狁这件至关重要的大事，留下了相当生动的记录，是很有史料价值的。

采 芑

薄言采芑[1]，于彼新田[2]，于此菑亩[3]。方叔莅止[4]，其车三千。师干之试[5]，方叔率止[6]。乘其四骐，四骐翼翼[7]。路车有奭[8]，簟茀鱼服[9]，钩膺鞗革[10]。 薄言采芑，于彼新田，于此中乡[11]。方叔莅止，其车三千。旂旐央央[12]，方叔率止。约軧错衡[13]，八鸾玱玱[14]。服其命服[15]，朱芾斯皇[16]，有玱葱珩[17]。 鴥彼飞隼[18]，其飞戾天[19]，亦集爰止。方叔莅止，其车三千。师干之试，方叔率止。钲人伐鼓[20]，陈师鞠旅[21]。显允方叔[22]，伐鼓渊渊[23]，振旅阗阗[24]。　蠢尔蛮荆[25]，大邦为仇雠。方叔元老，克壮其犹[26]。方叔率止，执讯获丑[27]。戎车啴啴[28]，啴啴焞焞[29]，如霆如雷[30]。显允方叔，征伐猃狁，蛮荆来威[31]。

【注释】

①芑（qǐ）：一种像苦菜的野菜。②新田：开垦第二年的田。③菑（zī）：开垦第一年的田。④莅：来临。⑤师：众，指兵士。干：盾，指武器。之：是。试：用、练习。⑥率：带领。止：语气词。⑦翼翼：整齐的样子。⑧奭（shì）：通“赩”，红。⑨簟茀：竹席制的车帘。鱼服：沙鱼皮制的箭袋。⑩钩膺：马颈腹上的带饰。鞗革（tiáo lè）：皮制铜饰的马勒，今名马笼头。⑪中乡：即“乡中”，犹今言“村中”。⑫旂（qí）：画有蛟龙的旗。旐（zhào）：画有龟蛇的旗。央央：鲜明貌。⑬约：束、缠。軧（qí）：车毂上的装饰。错：花纹。衡：车辕前端的横木。⑭玱玱（qiāng）：铃声。⑮命服：指周宣王赐给方叔的朝服。⑯芾（fú）：通“韨”，蔽膝。皇：辉煌。⑰葱：绿色。珩：亦作“衡”，佩玉上的横梁。葱珩，是爵位高的人用的饰物。⑱隼（sǔn）：鹞鹰一类的鸟。⑲戾：至。⑳钲（zhēng）：铎一类的铃。在练习作战时，摇它表示停止。㉑师：二千五百人为一师。鞠：告，即誓师的意思。旅：五百人为一旅。这里师和旅都是泛指兵士。㉒显：明。允：信。㉓渊渊：鼓声。㉔振旅：指战前训练士兵。阗阗：鼓声。㉕蛮荆：荆州之蛮。周成王时，封熊绎为楚子，统荆蛮。其地在今湖北宜昌一带。㉖克：能。犹：通“猷”，计谋。㉗获：假借为馘（guó），割耳朵。古人杀俘虏必割其左耳。以上报

计数。丑：对敌人的蔑称。㉘啴啴（tān）：兵车行进声。㉙焞焞（tūn）：盛大的样子。㉚霆：劈雷。㉛来：作用略同于“是”。威：畏。

【译文】

采苦菜呀采苦菜，在那去年新辟的田中，在这刚垦的田中。方叔受命来到这儿，他的兵车三千辆，战士们练武在操场。方叔率领他们，乘着四匹骏马，四匹马儿排成行。高大战车红艳艳，鱼纹箭袋和竹帘，繁缨笼头马胸前。　采苦菜呀采苦菜，在那新辟的田中，在这处处乡村间。方叔亲临掌帅权，他的兵车三千辆，龟旗龙旗多光亮。方叔率领他们，红鼓车、花车衡，八个铃儿响叮当。穿着那御赐的军装，红色蔽膝多辉煌，佩的青玉铿锵响。　快速的那个猛隼鸟，飞呀飞得赛天高，也聚集到这儿了。方叔受命来前线，他的兵车三千辆，战士们练武在操场。方叔率领他们，敲钲击鼓把令传，列队训话好威严。声名赫赫的方叔，战鼓擂得咚咚响，大军操练阵势强。　荆州蛮子太愚蠢，胆敢把大国来入侵。方叔本是周元老，大展谋略显身手。方叔率军来征讨，捉住探子杀敌寇。兵车行动声隆隆，声隆隆，像震霆，像响雷。声名赫赫的方叔，征伐了那边的猃狁，荆蛮望风来降服。

【解析】

这是首歌颂周宣王时方叔南征荆蛮的诗，相传为周公诫成王所作。这首诗在艺术上的特点是运用了“顶真”的修辞手法，句与句、段与段之间相互衔接，彼此呼应，语意连贯、音调和谐，极富文学意味，对后世文学影响甚大。

车攻

我车既攻[①]，我马既同[②]。四牡庞庞[③]，驾言徂东。 田车既好[④]，四牡孔阜[⑤]。东有甫草[⑥]，驾言行狩。 之子于苗[⑦]，选徒嚣嚣[⑧]。建旐设旄[⑨]，搏兽于敖[⑩]。 驾彼四牡，四牡奕奕[⑪]。赤芾金舄[⑫]，会同有绎[⑬]。 决拾既佽[⑭]，弓矢既调[⑮]。射夫既同，助我举柴[⑯]。 四黄既驾，两骖不猗[⑰]。不失其驰[⑱]，舍矢如破[⑲]。 萧萧马鸣[⑳]，悠悠旆旌[㉑]。徒御不惊[㉒]，大庖不盈[㉓]。 之子于征[㉔]，有闻无声[㉕]。允矣君子，展也大成[㉖]。

【注释】

①攻：通“巩”，治理、修缮。②同：齐。③庞庞：厚实强壮的样子。④田：通“畋”，打猎。⑤阜：肥壮。⑥甫草：广大茂盛的草地。⑦苗：夏猎称苗。⑧选：通“算”，清点的意思。嚣嚣：形容声音嘈杂。⑨旄（máo）：顶端饰旄毛尾的旗。⑩敖：山名，今河南省开封荥泽西北。⑪奕奕：马行迅疾而从容的样子。⑫金：黄赤色。⑬会同：古代诸侯朝会天子的专称。绎：连续不断。⑭决：射箭拉弦时所用的扳指，用象牙或兽骨制成，用时套在右手大拇指上。拾：又名臂韝，用皮制成，套在左臂上，射箭时用它护臂。⑮调：指弓和矢配得很合适。⑯柴（zì）：通“胔”，指射死的禽兽。⑰猗：应作“倚”，偏邪的意思。⑱驰：这里指驾车时一定的法则。⑲破：指禽兽被射中。⑳萧萧：马鸣声。㉑悠悠：旗

帜飘动的样子。㉒徒御：驭手。不：语助词，无义。惊：应作“警”，指严肃警卫着。㉓大庖：指宣王的厨房。盈：充满。㉔征：行，指狩猎归来。㉕有闻：指听见队伍归来。声：指人多喧哗吵闹的声音。㉖展：诚，与允同义。大成：很成功。

【译文】

猎车修理已完工，猎马整齐速度同。四匹公马多强壮，驾着猎车驶向东。 猎车修得很完好，四匹公马高又大。东都甫田有一片草原，驾着马车去打猎。 宣王夏猎大讲排场，清点随从好气派。树起旗子插上旄，奔向敖山那个狩猎场。 诸侯驾着四马奔，马儿从容又轻快。红红的蔽膝金头的鞋，共同会猎好气派。 扳指臂鞲全部齐备，强弓利矢两相配。猎罢射手都合在一块儿，帮拣猎物抬又背。 黄马四匹驾上了，两旁骖马不偏向。往来驰驱有规章，一箭射出就射中它。 马鸣声萧萧，旌旗迎风飘。箭手机警又严肃，烹得野味充佳肴。 猎完君王归京城，人马整齐好安静。不愧为圣明的好天子，确实是大功告成呀。

【解析】

这是一首描写周宣王及诸侯在东都田猎情况的诗。诗中有一些脍炙人口的名句，如“萧萧马鸣，悠悠旆旌”，对后世诗人的诗歌都有很大影响，如李白的“挥手自兹去，萧萧斑马鸣”，杜甫的“落日照大旗，马鸣风萧萧”都脱胎于此。

鸿雁之什

鹤 鸣

鹤鸣于九皋[①]，声闻于野。鱼潜在渊，或在于渚[②]。乐彼之园，爰有树檀[③]，其下维萚。他山之石，可以为错[④]。 鹤鸣于九皋，声闻于天。鱼在于渚，或潜在渊。乐彼之园，爰有树檀，其下维榖[⑤]。他山之石，可以攻玉。

【注释】

①鹤：这里喻隐居的贤人。九皋：曲折的水泽。②渚：水中小洲。鱼在于渚，喻贤人出仕。③爰：发语词。树檀：即檀树，这里喻贤人。④错：同“厝”，雕琢玉石的工具，如金刚钻之类。⑤榖：楮树，这里用来比喻小人。

【译文】

沼泽曲折白鹤叫，鸣声嘹亮传四郊。鱼儿潜伏深水里，有时游在沙洲边。美丽花园逗人爱，园里檀树大又高，树下枯叶一片片。他乡山上有宝石，可把玉石来琢磨。 沼泽曲折白鹤叫，鸣声嘹亮传九霄。鱼儿游在沙洲边，潜入深渊也逍遥。美丽花园逗人爱，园里檀树大又高，下有楮树矮又小。他乡山上有宝石，同样可将美玉雕。

【解析】

这是一首主张招致人才为国所用的诗。全诗末二句“他山之石，可以攻玉”已经成为广为人知的成语。

黄　鸟

黄鸟黄鸟，无集于榖，无啄我粟。此邦之人，不我肯穀[①]。言旋言归[②]，复我邦族。　黄鸟黄鸟，无集于桑，无啄我粱。此邦之人，不可与明。言旋言归，复我诸兄。　黄鸟黄鸟，无集于栩[③]，无啄我黍。此邦之人，不可与处。言旋言归，复我诸父。

【注释】

①穀：善良。②第一个“言”字训“我”，第二个“言”字训“曰”，语助词，无义。③栩（xǔ）：柞树。

【译文】

黄鸟黄鸟听我讲，不要停在楮树上，不要吃我小米粮。这个地方的人们，对我实在不善良。回去回去快回去，回到故土我家乡。　黄鸟黄鸟听我讲，不要停在桑树上，不要吃我红高粱。这个地方的人们，不守信用真荒唐。回去回去快回去，回到故土见兄长。　黄鸟黄鸟听我讲，不要停在柞树上，不要吃我粟米粮。这个地方的人们，没法共处相来往。回去回去快回去，去和伯叔细商量。

【解析】

这是一首思乡曲。一群流落异邦、备受歧视的人，思念并想立即返回故土。每章诗的前三句都以黄鸟飞落、啄我粮食起兴，暗示和概括流落异乡的人们所受到的欺凌。后四句直抒对异邦的不满和急欲返乡的心意。诗中没有交代这些人何以背井离乡，流落异邦。是忍受不了本国统治者的压迫?是逃避战乱灾荒?是被俘或流放?无论为了什么，异乡总不如故土啊!古往今来，人同此心。

斯　干

秩秩斯干①，幽幽南山②。如竹苞矣③，如松茂矣。兄及弟矣，式相好矣④，无相犹矣⑤。　似续妣祖⑥，筑室百堵⑦，西南其户⑧。爰居爰处⑨，爰笑爰语。　约之阁阁⑩，椓之橐橐⑪。风雨攸除⑫，鸟鼠攸去，君子攸芋⑬。　如跂斯翼⑭，如矢斯棘⑮，如鸟斯革⑯，如翚斯飞⑰，君子攸跻⑱。　殖殖其庭⑲，有觉其楹⑳。哙哙其正㉑，哕哕其冥㉒。君子攸宁㉓。　下莞上簟㉔，乃安斯寝。乃寝乃兴㉕，乃占我梦㉖。吉梦维何㉗?维熊维罴㉘，维虺维蛇㉙。　大人占之㉚：“维熊维罴，男子之祥㉛。维虺维蛇，女子之祥㉜。”　乃生男子，载寝之床㉝。载衣之裳㉞，载弄之璋㉟。其泣喤喤㊱，朱芾斯皇㊲，室家君王㊳。　乃生女子，载寝之地。载衣之裼[39]，载弄之瓦[40]。无非无仪[41]，唯酒食是议[42]，无父母诒罹[43]。

【注释】

①秩秩：水流的样子。斯：语助词，含有“之”的意思。干：通“涧”，两山夹水。②幽幽：深远的样子。南山：终南山。③如：含有“有”的意思。苞：丛生。④式：发语词。⑤犹：欺诈。⑥似：通“嗣”。似续：继承。妣：女性先祖。⑦堵：一面墙为一堵。百堵：形容房屋众多。⑧西南：作动词用，向西、向南开门。户：门。⑨爰：于是。⑩约：捆扎。阁阁：用绳索扎紧筑墙板发出的声音。⑪椓（zhuó）：用杵夯土。橐橐：夯土声。⑫攸：语助词，含有“于是”的意思。⑬芋：同“宇”，庇复、居住。⑭跂：踮起脚跟。斯：语中助词。翼：端正。⑮棘：整齐而有棱角。⑯革：翅膀。⑰翚（huī）：野鸡。⑱跻（jī）：登上。⑲殖殖：平正的样子。庭：泛指庭院。⑳有觉：即觉觉，高大挺直的样子。楹：堂前的廓柱。㉑哙哙（kuài）：明亮的样子。正：白天。㉒哕哕（huì）：幽暗的样子。冥：夜晚。㉓宁：安定。㉔莞（guān）：一种多年生草本植物。簟（diàn）：竹席。㉕兴：早起。㉖占：占卜。㉗维：是。㉘罴（pí）：一种猛兽。㉙虺（huǐ）：毒蛇。㉚大人：对占卜官吏的敬称。㉛祥：吉兆。古人认为熊罴是阳物，看作生男孩的吉兆。㉜女子之祥：古人认为虺蛇是阴物，所以看作生女孩的吉兆。㉝载：则，就。床：像现在的长方形小矮桌。㉞衣：穿。这里是包裹的意思。裳：围裙，古人下身的衣服。㉟弄：玩。璋：玉制的礼器，古代用于朝聘、祭祀等典礼。㊱喤喤：形容哭声洪亮。㊲朱芾（fú）：朱红色的蔽膝，是天子诸侯的礼

服。斯皇：即皇皇，光明的样子。㊳室家：指周天子的家族。㊴裼（tì）：包小孩的被。㊵瓦：古代纺线用的陶制纺锤。㊶非：违抗。仪：容止外表。㊷议：商讨。㊸诒：同“贻”，遗留。罹（lí）：忧愁。

【译文】

流水清清小山涧，林木幽幽终南山。丛丛绿竹好形势，密密青松满冈峦。兄弟同住多和睦，相亲相爱心相关，胸襟坦白不欺瞒。 继承祖妣遵遗愿，盖起宫室千百间，厢列东西门朝南。就在这里同居住，亲人团聚笑语欢。 扎紧木板阁阁响，夯土咚咚筑泥墙。从此不怕风和雨，麻雀老鼠都赶光，君子住着多舒畅。 端正犹如踮脚立，齐整有如利箭急，宽广好似鸟展翼，华丽赛过锦毛鸡，君子登堂心欢喜。 庭院宽阔平且正，屋柱笔直高又挺。白天光线多明亮，夜晚昏暗真幽静，君子住着心安定。 上铺竹席下铺草，高枕无忧没烦恼。睡得酣来起得早，昨夜梦境好不好。好梦梦见啥东西？是熊是罴显吉兆，有虺有蛇好运道。

大人占梦细细讲，“梦见熊罴有名堂，象征生男有力量。梦见虺蛇有讲究，象征生个女娇娘”。 如若生个男孩子，给他睡张小眠床，给他裹上大衣裳，给他玩弄白玉璋。娃儿哭声真洪亮，朱红蔽膝更辉煌，将来周朝做君王。 如若生个小姑娘，给她铺席睡地板，一条小被包身上，纺线瓦锤给她玩。不许违抗莫多话，料理家务烧好饭，别给父母添麻烦。

【解析】

这是一首记述周王族建筑宫室、迁入新居的诗。这首诗开头两章写扩建宫室的目的，是为了加强宗族的团结，有利祖业的延续。第二章还顺带概括地交代了一下建筑的规模、过程和效果。三、四、五三章以极欣喜的心情描写了新宫的美好舒适。六章以后，以周王安睡于新宫，梦中得到吉兆和卜官的解梦，证明了扩建宫室的英明正确。的确能让子孙繁衍，祖业永葆。这首诗叙述得有条不紊，十分细致而生动，艺术上是相当成熟的。

无 羊

谁谓尔无羊？三百维群①。谁谓尔无牛？九十其犉②。尔羊来思③，其角濈濈④。尔牛来思，其耳湿湿⑤。　或降于阿⑥，或饮于池，或寝或讹⑦。尔牧来思⑧，何蓑何笠⑨，或负其糇⑩。三十维物⑪，尔牲则具⑫。

尔牧来思，以薪以蒸⑬，以雌以雄⑭。尔羊来思，矜矜兢兢⑮，不骞不崩⑯。麾之以肱⑰，毕来既升⑱。　牧人乃梦⑲，众维鱼矣⑳，旐维旟矣㉑。大人占之：“众维鱼矣，实维丰年㉒。旐维旟矣，室家溱溱㉓。”

【注释】

①三百：虚数，相当于“数百”。维：为、是。②九十：也是虚数，泛言众多。犉（rún）：肥大的牛。③思：语气词，无义。④濈（jí）：众多而聚集的样子。⑤湿湿：牛反刍时耳朵扇动的样子。⑥或：有的。阿：丘陵。⑦讹：活动。⑧牧：牧畜的奴隶。⑨何：同“荷”，披戴。⑩糇：干粮。⑪三十：泛言众多的虚数。物：指牲畜的毛色。⑫具：具备。古

代不同的祭祀要用不同毛色的牲畜。⑬以：取。薪：粗柴。蒸：细柴。⑭雌雄：都指野兽。⑮矜矜：走路坚强快速的样子。兢兢：争先恐后的样子。⑯骞（qiān）：零星走失。崩：散群。⑰麾：同“挥”。肱：手臂。⑱毕、既：二字同义，都是“尽、完全”的意思：升：登上。这里指羊入圈。⑲牧人：掌管畜牧的官吏，与上章的牧奴不同。⑳众：众多。维：语助词。㉑旐：同“兆”，众多。旟：画有鹰隼等图案的旗。㉒实：这个。维：为、是。㉓溱溱：盛多的样子，指人口旺盛。

【译文】

谁说你家缺少羊？数百群在牧场。谁说你家没有牛？七尺高的牛儿有九十头。羊儿来了，角儿相依相靠；牛儿来了，嚼时耳朵摇摇。　有的下山坡，有的在池畔饮水，有的睡，有的动。　牧人来了，披着蓑衣，戴着斗笠，背着干粮袋子。牛羊毛色三十类，你的祭牲已齐备。牧人来了，把粗草嫩草当饲料，公的母的相交配。羊儿来了，多么健壮、肥大，没亏少，没病倒。挥着臂儿把它招，全部进圈牢。　牧人做梦真稀奇，梦见蝗虫变了鱼，梦见鱼蛇旗变成鸟旗。大人占梦告诉你：“蝗虫变成鱼儿呀，准是丰年满谷仓。鱼蛇旗换鸟旗呀，表明家人团聚热闹非常。”

【解析】

这是周人歌唱牧业兴旺并祈祷丰年的诗。周的先祖为后稷，以农牧业立国，牧业的兴衰关系着政权的盛衰，最高统治者是十分重视的。诗中所描写的牛羊群的盛大情况，是王室的牧群。诗中所描绘的牧人和牛羊群的情况极为生动，都极富生活气息。这首诗堪称古诗中写牧畜生活的现实主义杰作。

节南山之什

节南山

节彼南山[1]，维石岩岩[2]。赫赫师尹[3]，民具尔瞻[4]。忧心如惔[5]，不敢戏谈。国既卒斩[6]，何用不监[7]。　节彼南山，有实其猗[8]。赫赫师尹，不平谓何[9]。天方荐瘥[10]，丧乱弘多[11]。民言无嘉，憯莫惩嗟[12]。　尹氏大师[13]，维周之氐[14]。秉国之均[15]，四方是维。天子是毗[16]，俾民不迷。不吊昊天[17]，不宜空我师[18]。　弗躬弗亲[19]，庶民弗信。弗问弗仕[20]，勿罔君子[21]。式夷式已[22]，无小人殆[23]。琐琐姻亚[24]，则无朊仕[25]。　昊天不佣[26]，降此鞠讻[27]。昊天不惠，降此大戾[28]。君子如届[29]，俾民心阕[30]。君子如夷[31]，恶怒是违[32]。　不吊昊天，乱靡有定。式月斯生[33]，俾民不宁。忧心如酲[34]，谁秉国成[35]？不自为政，卒劳百姓。　驾彼四牡，四牡项领[36]。我瞻四方，蹙蹙靡所骋[37]。　方茂尔恶[38]，相尔矛矣[39]。既夷既怿[40]，如相酬矣[41]。　昊天不平，我王不宁。不惩其心，覆怨其正[42]。　家父作诵[43]，以究王讻[44]。式讹尔心[45]，以畜万邦[46]。

【注释】

①节：山高峻的样子。南山：终南山。②岩岩：山石堆积的样子。③赫赫：显贵盛大的样子。师：太师。周代官制，称司马（掌兵权）、司

徒（掌教育）、司空（管理土地）为三公。三公中的兼职即为太师，位最高。尹：尹氏，周王朝贵族，它的祖先尹佚在武王时有功，尹吉甫佐宣王伐异族，其子孙沿其姓做官。④具：通“俱”。⑤惔（tán）：炎的借字，火烧。⑥卒：尽、完全。斩：断绝。⑦何用：何以。监：察。⑧有实：即实实，广大的样子。猗：通“阿”，山坡。⑨谓：通“为”。⑩荐：进，加的意思。瘥（cuó）：疾病瘟疫。⑪弘多：很多。⑫憯（cǎn）：曾、乃。惩：儆戒。嗟：语尾助词。⑬大：通“太”。⑭氐：根本。⑮秉：掌握。均：通“钧”，制陶器模子下面的圆盘。尹氏执政，如陶工之掌圆盘以制器，故云秉国之均。⑯毗：辅助。⑰不吊：不淑、不好。昊天：上天。⑱空：穷困。师：指民众。⑲躬、亲：都是指亲身管理国家大事。⑳仕：这里指用人做官。㉑罔：欺骗。㉒式：语首助词。夷：平、平除。已：止、废止。㉓殆：危险。㉔琐琐：卑微渺小的样子。姻亚：指亲戚。㉕朊：厚。㉖佣：均，公平。㉗鞫：极。讻：同“凶”。㉘大戾：大恶。㉙届：至。㉚阕：止息。㉛夷：平除。㉜违：去，除去。㉝月：假借为“抈”，折断，扼杀。生：生灵。㉞酲（chéng）：喝醉酒。㉟国成：国家政治的成规。㊱项：肥大。领：脖颈。㊲蹙蹙（cù）：局促的样子。聘：驰骋。㊳茂：盛。尔：指尹氏。㊴相：视。㊵怿：喜悦。㊶酬：敬酒。㊷覆：反。正：劝谏的正言。㊸家父：周大夫，幽王时人。诵：讽诵，指作诗。㊹王讻：指周王朝凶乱的根源。㊺讹：感化、改变。尔：指周王。㊻畜：养。

【译文】

山势高峻的终南山，积石又高又奇险。显赫的尹太师，人们都在仰望你。满腔忧愤如火在燃烧，不敢随便地嬉笑。国运眼看要中断，为何还没有察觉到？ 山势高峻的终南山，斜坡太宽广。显赫的尹太师，为何办事不公道？上天降灾荒，满目沧桑，离乱丧亡。庶民绝无好言语，还是不肯警惕思量！ 你这姓尹的太师，应是周朝的顶梁柱。你掌握着国家的政权，天下全靠你维持。君主靠你辅佐，万民靠你来指点迷津。老天爷不关心人民，不该有祸国殃民的太师。 从不亲身理政，万民自然不把你信任。不访问也不用人才，贤人全部被你耽误。贤人被伤害罢免，这让小人作祟。裙带亲无能，不要给他高官显位。 老天爷不公正，降下这个害人精！老天爷不善良，降下大灾难一场！如果贤士当权理政，民忿自然平。官儿办事公平，民怨也就自消清。 老天爷啊你不爱民，祸乱没有平定。损害天下老百姓，使民不安宁。我愁的啊像醉酒，谁来掌理国政？不好自为之，到头来苦了百姓。 驾着四匹马，马儿肥肥。我瞻望四方，局促得我没地方把马放。 当你大肆作恶，看你就像杀人的矛。你们既高兴又快乐，互相恭敬又喝酒。 老天爷啊你不公平，君王不安宁。他不自省，反而怨恨别人的批评。 家父吟此诗篇，为了揭示王朝的祸根。愿你回心转意，安抚天下诸侯。

【解析】

这是周幽王时大夫家父指责执政大臣尹氏，同时讽谏幽王的诗作。诗既严厉指斥了尹氏作为左右国家命运的要臣，却旷费政务，理事不公，任人唯亲，使政治混乱，国家危急，弄得天怒人怨；同时又大胆地批评了周幽王不问国政，不悯百姓，用人不当，指出这是造成国家危殆的根本原因。这首诗充分表现了一位贵族爱国者关心国家命运、关心民众疾苦、不畏宰执淫威、敢于正言犯上的忠义精神。家父的形象，对后世的清官诤臣和爱国文学家都产生了相当积极的影响。

十月之交

十月之交①，朔月辛卯②。日有食之，亦孔之丑③。彼月而微④，此日而微。今此下民，亦孔之哀。　日月告凶，不用其行⑤。四国无政，不用其良。彼月而食，则维其常⑥。此日而食，于何不臧⑦！　烨烨震电⑧，不宁不令⑨。百川沸腾，山冢崒崩⑩。高岸为谷，深谷为陵。哀今之人，胡憯莫惩！　皇父卿士⑪，番维司徒⑫，家伯维宰⑬，仲允膳夫⑭，聚子内史⑮，蹶维趣马⑯，楀维师氏⑰。艳妻煽方处⑱。　抑此皇父⑲，岂曰不时⑳。胡为我作㉑，不即我谋！彻我墙屋㉒，田卒污莱㉓。曰“予不戕㉔，礼则然矣”。　皇父孔圣，作都于向㉕。择三有事㉖，亶侯多藏㉗。不慭遗一老㉘，俾守我王。择有车马㉙，以居徂向㉚。　黾勉从事，不敢告劳。无罪无辜，谗口嚣嚣㉛。下民之孽㉜，匪降自天。噂沓背憎㉝，职竞由人㉞。　悠悠我里㉟，亦孔之痗㊱。四方有羡㊲，我独居忧。民莫不逸，我独不敢休。天命不彻㊳，我不敢效我友自逸㊴。

【注释】

①交：开始进入。②朔月：初一日。辛卯：这天是辛卯日。据天文学家推算，这次日食在周幽王六年十月初一（周历），即公元前776年9月6日的早晨七至九时（辛卯日辰时）。③丑：恶。古人认为日蚀预兆不祥。④彼：指从前。微：昏暗不明，指月食。⑤行（háng）：道，轨道。⑥维：是。常：正常。⑦于何：奈何。⑧烨烨（yè）：闪电发光的样子。震：雷。⑨令：善。⑩山冢：山顶。崒：假借为“碎”。⑪父（fǔ）：皇父，周幽王的宠臣。卿士：六卿之长，总管王朝政事，类似后代的宰相。⑫番：即樊。司徒：掌管人口、土地的官。⑬家伯：人名。宰：即冢宰，掌国家典籍的官。⑭仲允：人名。膳夫：掌周王饮食的官。⑮棸（zōu）：姓。内史：掌人事、司法的官。⑯蹶（guì）：姓。趣（cù）：趣马，替周王管马的官。⑰楀（jǔ）：姓。师氏：掌监察的官。⑱艳妻：指幽王宠姬褒姒。煽：炽盛。方：并。方处：指艳妻与上面七人都是红人，并处高位。⑲抑（yì）：同“噫”，叹词。⑳不时：不顾农时。㉑作：指劳役。㉒彻：通“撤”，拆毁。㉓卒：尽。完全。污：停积不流的水。莱：田中长满野草。㉔戕（qiāng）：残害。㉕向：邑名。今河南济源县南。㉖有事：即有司。三有司为司徒、司马、司空。㉗亶：诚、确实。侯：维、是。多藏：指有很多钱财。㉘憖（yìn）：愿、肯。遗：留。老：旧臣，疑指作者自己。㉙有车马：指有禄位的富人。㉚居：指住处。㉛嚣嚣（áo）：众口毁谤攻击的样子。㉜孽：灾害。㉝噂（zǔn）沓：议论纷纷。背憎：在背后彼此憎恨。㉞职：主、主要。竞：争。㉟里：通“悝”，忧伤。㊱痗：病。㊲四方：指各地的上层人物。羡：富裕。㊳不彻：不循

轨道，即无常之意。㊴效：仿效。

【译文】

十月里日月交会，本月初一是辛卯日，出现了日食，这可是大坏事。那月亮非常昏暗，这太阳也很昏暗，如今下层众黎民，无比的哀怨。太阳月亮显出凶相，不蹈循它的轨道。普天之下无善政可言，良臣一个也不用。这月食，虽然不好，和日食相比算平常。发生了日食，坏事降临无可奈何。　雷轰轰、电闪闪，不安宁也妥善。波涛汹涌，山岭尽碎崩。高崖陷为谷，低谷升作陵。可叹今日之人，何不警戒这暴政！皇父是卿士，番氏担任司徒，家伯是总管，仲允是膳夫，聚子为内史，蹶氏管马匹，楀氏为教育官，褒姒势盛居高位。　唉呀！你这皇父，役民没有常数。你调我去服劳役，又不跟我商议。拆毁我的墙屋，田变污池草窝。却说“我并不想残害你们，道理应该是这样。” 皇父自夸圣明，以向邑为都。自选三司官，诚然聚集了很多钱财。不肯留下一老臣，使他守卫我君王。选有车马的富人，携家迁往向地去。　尽心竭力去做事，即使有苦也不敢诉。没有罪，没有事，众口谗言将我诬。百姓受灾殃，灾殃并非从天降。当面议论纷纷、背后痛恨，只因有坏人。　此恨悠悠我心伤，积忧成疾我病一场。四方之人都在欢笑，我独自忧伤。人家无不享安逸，唯独我不敢稍休息。天命真难预料，我不敢和他们一样自图逸乐。

【解析】

这是一首借自然界的灾异变化（日食、地震等）来揭露政治黑暗、当权者昏庸无道的社会现实的诗歌。

小旻

旻天疾威[①]，敷于下土[②]。谋犹回遹[③]，何日斯沮[④]？谋臧不从，不臧覆用。我视谋犹，亦孔之邛[⑤]。　潝潝訿訿[⑥]，亦孔之哀。谋之其臧，则具是违。谋之不臧，则具是依。我视谋犹，伊于胡厎[⑦]。　我龟既厌[⑧]，不我告犹。谋夫孔多，是用不集[⑨]。发言盈庭，谁敢执其咎[⑩]？如匪行迈谋[⑪]，是用不得于道。　哀哉为犹[⑫]，匪先民是程[⑬]，匪大犹是经[⑭]。维迩言是听[⑮]，维迩言是争。如彼筑室于道谋，是用不溃于成[⑯]。　国虽靡止[⑰]，或圣或否。民虽靡膴[⑱]，或哲或谋[⑲]，或肃或艾[⑳]。如彼泉流，无沦胥以败[㉑]。　不敢暴虎[㉒]，不敢冯河[㉓]。人知其一，莫知其他[㉔]。战战兢兢[㉕]，如临深渊，如履薄冰。

【注释】

①旻（mín）天：即老天，皇天之意。②敷：布。③犹：通“猷”，规划。回遹（yù）：邪僻。④沮：止。⑤邛（qióng）：病、糟。⑥潝潝（xī）：低声附和的样子。訿訿（zǐ）：诋毁、诽谤。⑦伊：语助词。于：往。胡：何。厎：至，地步。⑧龟：占卜用的龟甲。⑨集：成功。⑩执：承担。咎：罪责。⑪匪：通“彼”。行迈：这里指行路人。⑫为：掌握、

制订。⑬先民：古人。程：效法。⑭大犹：大道。经：行。⑮维：通“惟”，只是。迩言：肤浅而无远见的话。⑯溃：通“遂”，达到。⑰止：至、极。引申为“大”的意思。⑱膴：厚。引申为多。⑲哲：明智。⑳肃：态度庄敬，认真负责。艾（yì）：治理，指办事能力很强的人。㉑无：发语词，无义。败：指国家败亡。㉒暴：通“搏”。搏虎：徒手打虎。㉓冯（píng）河：不用船而徒步渡河。㉔其他：指信用佞臣将有亡国之危。㉕战战：恐惧的样子。兢兢：谨慎小心的样子。

【译文】

苍天太暴虐，普遍降布于全国。政策谋略尽错误，何时才能停止？好的谋略你不依从，坏的主意你反而用。我看如今的政策，弊病也太大了。 附和、攻击、诽谤，太使人悲伤。谋略之中那好的，你却不依从。谋略之中不好的，却把它全部来依靠。我看如今的政策，不会搞出啥名堂。占卜占得我心厌，龟甲不把吉凶告。谋划人很多，都无劳无功。满庭都是发言人，谁也不敢负责任。如同行路没计划，难以找到正确的方向。 可怜呀，你的政策，不学圣贤不效古法，不是大道正经路。只听从那浅言，只采用那浅言。如同你盖房与路人乱商量，新屋永远无法成。

国家虽然不大，人或圣哲或平凡。人民虽然不太多，有的聪明有的善谋，有的认真有的能干。就像那流动的泉水，切勿相率使它败亡。 不敢徒手搏老虎，不敢徒步渡河流。这种危险人人都知道，其他隐忧却全不知道。战战兢兢日复日，如临深渊心中忧，如履薄冰常犯愁。

【解析】

这是一首政治讽刺诗。作者是幽王或厉王时的一个贵族，他批评周王昏庸寡断、目光短浅，不知效法先贤而专听小人浅薄之言；他指责朝臣各谋私利，没人敢于承担责任。作者深为国家命运担忧而又无可奈何。这首诗句式灵活，多散文句法，很有特色。诗中有不少名句，如“谋夫孔多，是用不集”“不敢暴虎，不敢冯河”“如临深渊，如履薄冰”等，后世都成了习语。

何人斯

彼何人斯？其心孔艰①。胡逝我梁，不入我门？伊谁云从？维暴之云②。　二人从行，谁为此祸？胡逝我梁，不入唁我③？始者不如今，云不我可④。　彼何人斯？胡逝我陈⑤？我闻其声，不见其身。不愧于人？不畏于天？　彼何人斯？其为飘风。胡不自北？胡不自南？胡逝我梁？祇搅人心⑥。　尔之安行⑦，亦不遑舍⑧。尔之亟行，遑脂尔车。壹者之来⑨，云何其盱⑩。　尔还而入⑪，我心易也⑫。还而不入，否难知也⑬。壹者之来，俾我祇也⑭。　伯氏吹埙⑮，仲氏吹篪⑯。及尔如贯⑰，谅不我知⑱。出此三物⑲，以诅尔斯⑳。　为鬼为蜮㉑，则不可得。有靦面目㉒，视人罔极㉓。作此好歌，以极反侧㉔。

【注释】

①艰：险、阴险。②维：只是。暴：指暴公。云：说话。③唁：慰

问遭灾者。④可：嘉、好。⑤陈：由正房到院门的通道，欲称穿堂。⑥祇：（zhǐ）：恰巧。⑦安行：慢行。⑧舍：停息。⑨壹者：以前。来：指上文逝梁、逝陈的事。⑩云：发语词。盱（xū）：通“吁”，忧。⑪还：指由王都回来，经过苏国。入：指入苏门。⑫易：和悦。⑬否：不通、隔阂。⑭祇：通“疷”，病。⑮伯氏：指大哥。埙（xūn）：乐器名，陶制，大如鹅卵，有六孔，可吹奏。⑯仲氏：二弟。篪（chí）：乐器名，略似今之笛。⑰及：与、和。贯：钱贝穿在一条绳上为贯。⑱谅：诚、真。⑲三物：指猪、犬、鸡。⑳诅：诅咒、求神降祸于别人。㉑蜮：传说中的一种能含沙射影使人得病的动物。㉒靦（tiǎn）：惭愧貌。㉓视：通“示”，作给别人看。极：准则、标准。㉔极：穷、深究。反侧：反复无常。

【译文】

他是什么样人？他的心地多险恶。为何走过我鱼梁，不进我家门？他跟着谁？在我面前逞暴虐。　你我二人共从行，是谁造成这灾祸？为何走过我鱼梁，不进我屋慰问我？当初并不像这样，现在待我却这般冷。

他是什么样的人？为何走过我的门？我听见了他声音，但看不见他的人影。难道他就不知愧？难道他不知畏苍天？　他是什么样的人？像那一阵暴风样。为何不在北？为何不在南？为何走过我鱼梁？我的心全被搅乱。　你并不急于赶路，也无闲暇暂停息；你现在说要快走，怎会停车把油加？你来此不肯留，可知我心何其愁？　你回来呀进我门，我心平静又安逸；你回来不进门，我就难以测知你的心。你到此地来看我，使我安心又欢愉。　哥哥吹陶埙，弟弟吹横笛。你我本如一线穿，竟然不知我的心。摆出祭礼三牲，请求神灵判是非。　究竟是鬼还是蜮，你的心术难猜测。人有面目应知愧，看你则无一点儿准则。作这一首好诗歌，追究你的反复难测。

【解析】

这是一首指责朋友反复无常，不念旧情的诗，含有绝交的意味。旧说认为是苏公刺暴公的诗。

巷　伯

萋兮斐兮[①]，成是贝锦[②]。彼谮人者，亦已大甚。　哆兮侈兮[③]，成是南箕[④]。彼谮人者，谁适与谋[⑤]。　缉缉翩翩[⑥]，谋欲谮人。慎尔言也，谓尔不信。　捷捷幡幡[⑦]，谋欲谮言。岂不尔受[⑧]，既其女迁[⑨]。　骄人好好[⑩]，劳人草草[⑪]。苍天苍天，视彼骄人，矜此劳人[⑫]。　彼谮人者，谁适与谋？取彼谮人，投畀豺虎[⑬]。豺虎不食，投畀有北。有北不受，投畀有昊[⑭]！　杨园之道[⑮]，猗于亩丘[⑯]。寺人孟子[⑰]，作为此诗。凡百君子，敬而听之。

【注释】

①萋、斐：花纹错杂的样子。②贝锦：贝壳有文彩像锦，故称曰贝锦。③哆（chǐ）：张口的样子。侈：大。④箕：星名。四星联成梯形，

状似簸箕，故名箕。因在南方，又名南箕。⑤适：往。⑥缉缉：通“咠咠”，交头接耳小语声。翩翩：往来不息貌。⑦捷捷：通“浅浅”，能言善辩。幡幡，即“翩翩”，反复翻动貌。⑧受：接受。⑨迁：转移。指听者将把憎恶被谗者的心，转而憎恶造谣者。⑩骄人：指得志的谗人。好好：得意的样子。⑪劳人：忧人、失意的人。指被谗者。草草：忧愁的样子。⑫矜：怜悯。⑬畀（bì）：给予。⑭有昊：即昊天。⑮杨园：园名。⑯猗：依，靠着。亩丘：丘名。⑰寺人：奄人，如后世的宦官。孟子：寺人的名字，即诗的作者。

【译文】

丝线错杂颜色明，织成五彩贝纹锦。那个造谣害人精，心肠实在太凶狠！　张开大口畚箕样，箕星高挂天南方。那个造谣害人精，是谁给他做谋划？　唧唧喳喳嚼舌根，整天算计陷害人。劝你说话要当心，否则对你就不信。　花言巧语信口编，挖空心思造谣言。虽说一时受你骗，终久恨你太阴险。　小人得志就忘形，好人被谗意消沉。老天老天把眼睁，你看那人多骄横，可怜我们受害人。　那个造谣大坏蛋，谁愿和他去搭腔。抓住那个造谣家，丢到野外喂虎狼。虎狼嫌他不愿吃，把他摔到北大荒；北大荒如果不接受，送他归天见阎王。　一条大路通杨园，紧紧靠在亩丘边。我是阉人叫孟子，受人陷害写诗篇。诸位君子大老爷，请您认真听我劝。

【解析】

这是寺人孟子因受谗毁而写的一首发泄怨愤的诗，诗中把馋人巧言善辩，搬弄是非的形象刻画得惟妙惟肖，对那些谮人者表达了强烈的愤怒。

谷风之什

谷 风

习习谷风①，维风及雨②。将恐将惧③，维予与女④。将安将乐，女转弃予⑤。　习习谷风，维风及颓⑥。将恐将惧，寘予于怀。将安将乐，弃予如遗⑦。　习习谷风，维山崔嵬⑧。无草不死，无木不萎。忘我大德⑨，思我小怨⑩。

【注释】

①习习：连续不断的风声。谷风：来自山谷的大风。②维：有。③将：方，当。④与：亲附、赞助。⑤转：反而。⑥颓：旋风。⑦遗：忘记。⑧崔嵬：山高峻的样子。⑨大德：美德，好处。⑩小怨：小缺点。

【译文】

大风呼啦啦，风吹雨又打。回想当初艰难日，我和你共度。如今安详快乐时，你反而把我抛下。　山谷来风讯又猛，狂风旋风刮不停。回想当初艰难日，你把我拥在怀抱。如今安逸享乐时，你把我抛弃。　大风呼啦啦，山势高峻。山上野草全枯死，山中树木尽凋零。你忘掉我的大恩德，把我的小错小怨放在心。

【解析】

这是一首弃妇诗。诗用对比的手法，埋怨离她而去的丈夫能共患难而不能共安乐，忘记了自己的大德，却把一些小错小怨铭记在心，最终抛弃了自己。《诗序》说这首诗是讽刺幽王的，“天下俗薄，朋友道绝焉”。朱熹也认为是“朋友相怨之诗”。现代的解诗者仍有人赞同他们的意见。

蓼莪

蓼蓼者莪①，匪莪伊蒿②。哀哀父母③，生我劬劳④。　蓼蓼者莪，匪莪伊蔚⑤。哀哀父母，生我劳瘁⑥。　瓶之罄矣⑦，维罍之耻⑧。鲜民之生⑨，不如死之久矣。无父何怙⑩？无母何恃⑪？出则衔恤⑫，入则靡至⑬。　父兮生我，母兮鞠我⑭。拊我畜我⑮，长我育我，顾我复我⑯，出入腹我⑰。欲报之德，昊天罔极⑱！　南山烈烈⑲，飘风发发⑳。民莫不穀㉑，我独何害㉒！南山律律㉓，飘风弗弗㉔。民莫不谷，我独不卒㉕！

【注释】

①蓼蓼（lù）：长而大的样子。莪：草名，即萝蒿，蒿的一种。②匪：非。伊：是。蒿：指一般的蒿草。③哀哀：悲伤悔恨的叹词。④劬劳：辛勤劳苦。⑤蔚：蒿的一种，又名“牡蒿”。⑥瘁：憔悴。⑦罄：尽、空。⑧罍：大肚小口的酒坛。⑨鲜（xiǎn）：寡。鲜民：孤独的人。⑩怙（hù）：依靠。⑪恃：依赖。⑫出：出门，指离家服役。衔：含。恤：忧愁。⑬入：回家。至：亲，指亲人。⑭鞠：抚养。⑮拊：同“抚”，抚

摸。畜：爱。⑯复：指出门时不舍离去。⑰腹：抱在怀里。⑱昊（hào）天：天的泛称。罔极：没有定准。⑲烈烈：山高峻险阻的样子。⑳飘风：暴风。发发：大风呼啸声。㉑穀：善。㉒何：同“荷”，负担，蒙受。害：灾害，指父母死亡。㉓律律：山势高耸突起的样子。㉔弗弗：大风扬起尘土的样子。㉕卒：终。不卒：指不能为父母送终。

【译文】

一丛莪蒿长又高，不是萝蒿是蒿草。可怜我的爹和娘，生我养我太辛劳。　高高莪蒿叶青翠，不是萝蒿是牡蒿。可怜我的爹和娘，生我辛劳太憔悴。　酒瓶底儿朝了天，酒坛应该觉害臊。孤儿活在世界上，不如早些就死掉。　没有父亲何所依，没有母亲何所靠。离家服役心含悲，回来双亲见不到。　爹呀是你生下我，娘呀是你抚养我。抚摸我啊爱护我，养我长大教育我，照顾我啊挂念我，出门进屋抱着我。如今想报爹娘恩，谁料老天降灾祸。　终南山崎岖行路难，狂风呼啸刺骨寒。人人都能养爹娘，独我服役受苦难。　终南山高耸把路挡，狂风呼啸尘飞扬。人人都能养爹娘，独我不能去奔丧。

【解析】

这是一首儿子悼念父母的悼亡诗。诗人深念父母养育之恩，反复陈述父母的辛劳和对自己的疼爱养护，痛怨“昊天罔极”，使自己不能终养父母。诗中反复运用比兴，状写自己的心境，情真意切，感人至深。此诗对当时的统治者有极其强烈的批判意义。

大 东

有饛簋飧[1]，有捄棘匕[2]。周道如砥[3]，其直如矢。君子所履，小人所视。眷言顾之[4]，潸焉出涕[5]。 小东大东[6]，杼柚其空[7]。纠纠葛屦，可以履霜。佻佻公子[8]，行彼周行。既往既来，使我心疚。有冽氿泉[9]，无浸获薪。契契寤叹[10]，哀我惮人[11]。薪是获薪，尚可载也。哀我惮人，亦可息也。 东人之子，职劳不来。西人之子[12]，粲粲衣服。舟人之子[13]，熊罴是裘。私人之子[14]，百僚是试。 或以其酒，不以其浆。鞙鞙佩璲[15]，不以其长。维天有汉[16]，监亦有光。跂彼织女[17]，终日七襄[18]。 虽则七襄，不成报章[19]。睆彼牵牛[20]，不以服箱[21]。东有启明，西有长庚。有捄天毕[22]，载施之行。 维南有箕，不可以簸扬。维北有斗[23]，不可以挹酒浆。维南有箕，载翕其舌[24]。维北有斗，西柄之揭。

【注释】

①饛（méng）：满簋貌。簋（guǐ）：古代盛食物器，圆口，青铜或陶制。②捄（qiú）：长貌。匕（bǐ）：勺，匙类。③砥（dǐ）：磨刀石。④睠：同“眷”。⑤潸（shān）：流泪貌。⑥小东大东：离京城远的称大东，近一点的称小东。⑦杼：织布机的梭子。柚：“轴”之借字，织布机上卷经线的大轴。⑧佻佻：身姿美好的样子。⑨氿（guǐ）泉：侧出的泉。⑩契契：忧苦貌。⑪惮（dàn）：劳。⑫西人：西周来人。⑬舟人：周人。⑭私人之子：指家庭奴隶。⑮鞙鞙（juān juān）：通“琄琄”，玉貌。璲（suì）：玉佩。⑯汉：银河。⑰跂：通“歧”，分歧。织女三星，故称歧。⑱七襄：

七次移动位置。⑲报章：指织布。⑳睆（huǎn）：明亮貌。㉑服：贺。箱：车厢。㉒毕：星名，共八星，似网。㉓斗：北斗星。㉔翕（xī）：收敛。

【译文】

装满古器是晚餐，再有长柄进食匙。大路好像磨石平，它的笔直像箭矢。君子可在路上走，小民只能用眼看。眷恋地看着它，涕泣交流为着它。　东方侯国有远近，用杼柚织布都成空。仔细织成的葛布鞋，可以踏霜还成功。身姿美好的公子，走那大路是从容。既是前去又回来，使我看了心发痛。　有寒冷的侧出泉，不要浸所获柴薪。忧苦地叹息，悲哀我们辛苦人。砍伐获得的柴薪，还可载运回来。悲哀我们辛苦人，也可以休息安身。　东方侯国的子弟，职务劳苦无人理。西方人的子弟，衣服鲜明是华丽。富人的子弟，熊皮做裘暖身体。私家奴隶的子孙，只供差遣做奴才。　东人以为是美酒，西人认为是薄酿。身上挂的是宝玉，不因他的才调长。只是天上有银河，看上去也有光。分歧地看那织女星，整天搬迁了七场。　虽则搬迁了七场，不成织锦的纹章。看那牵牛星，不能用来拉车辆。东方有启明星，长庚星亮在西方。有弯曲的天毕星，排成行列没用场。　只是南方有箕星，不可以用来簸米糠。只是北方有北斗星，不可用来舀酒浆。只是南方有箕星，好似舌头能宽又长。只是北方有北斗星，它的柄儿举向西方。

【解析】

这是一首反映东方诸侯国的臣民怨愤西周贵族集团对他们无厌地掠

夺的政治抒情诗。前四章基本上是写实，用对比的手法反映东方民众与西方贵族生活上的巨大反差和西周对东方诸侯国的严酷剥削——“小东大东，杼柚其空”是前四章的核心，也是全诗的主旨所在，故诗以“大东”为题。第五章是过渡，前四句承前，写东人无力满足西人的贪得无厌；后四句启后，与六、七两章一起，用比拟手法，以天上列星比喻周王朝与诸侯贵族，说他们空居上位，有虚光而无实绩，不知体恤民众，特别是以箕、斗比喻周王室，贪婪之态，令人喷饭。这首诗想象丰富、比喻生动、词语活泼幽默，艺术造诣非常深厚。

甫田之什

甫　田

倬彼甫田[①]，岁取十千。我取其陈[②]，食我农人。自古有年[③]。今适南亩，或耘或耔[④]。黍稷薿薿[⑤]，攸介攸止[⑥]，烝我髦士[⑦]。　以我齐明[⑧]，与我牺羊[⑨]，以社以方[⑩]。我田既臧[⑪]，农夫之庆。琴瑟击鼓，以御田祖[⑫]。以祈甘雨，以介我稷黍[⑬]，以谷我士女[⑭]。　曾孙来止[⑮]，以其妇子。馌彼南亩，田畯至喜。攘其左右[⑯]，尝其旨否[⑰]。禾易长亩[⑱]，终善且有[⑲]。曾孙不怒，农夫克敏[⑳]。　曾孙之稼，如茨如梁[㉑]。曾孙之庾[㉒]，如坻如京[㉓]。乃求千斯仓，乃求万斯箱[㉔]。黍稷稻粱，农夫之庆。报以介福，万寿无疆。

【注释】

①倬（zhuō）：广阔的样子。甫田：大田。②陈：指陈粮。③有年：丰年。④耘：除草。耔：用土培苗根。⑤薿薿（nǐ）：茂盛的样子。⑥攸：语助词。介：休息。止：止息。⑦烝：进。髦士：英俊之士。⑧齐（zī）：与“粢”同。齐明：即粢盛，祭器中的谷物。⑨牺：祭祀用的毛色纯一的牲口。⑩社：祭土地神。方：祭四方之神。⑪臧：指收成好。⑫御（yà）：迎接。田祖：指农神。⑬稷：小米。⑭谷：养。士女：指贵族

男女。⑮曾孙：周王对他的祖先和其他的神，都自称曾孙，谦让。⑯攘：让。左右：指田畯两旁农夫左右的人。⑰旨：美味。⑱易：指禾相倚移。长：满。⑲终：既。有：丰。⑳克：能。敏：快捷。指工作干得又好又快。㉑茨：草房顶。梁：桥梁。㉒庾：粮囤。㉓坻（chí）：小丘。京：大丘。㉔箱：车箱。

【译文】

开阔啊，那大块的田，年年岁岁收获万千。我从仓中取陈谷，养活我的农人。自古丰年都这样。如今来到南亩田，农夫有的锄草有的施肥，黍稷很茂盛。休息一会儿心欢畅，慰劳聪明勤劳的农民。　谷物堆满盆，还有我的牛和羊，祭祀土地四方之神。我田里庄稼渐渐长，农夫有功劳。击鼓又奏瑟，迎接田祖，希望甘霖从天降，使我稷黍密又壮，使我男女多吉祥。　周王来到田地间，农夫老婆和儿子，送饭来到南亩田。农官用酒食，让左右众随员，尝尝味道鲜不鲜。禾苗勤治理，丰年在望即。周王心平又气和，农夫劳作又奋勉。　周王收获的粮食，堆如屋顶和拱桥。周王的粮囤，沙洲高丘比得上。要准备千座大粮仓，造出万数大车箱。黍稷稻粱多又多，农夫欣喜又吉庆。神灵赐大福，长寿永无疆。

【解析】

这是一首西周贵族(或说即周王)祭祀土神、四方神、田祖，以祈丰年的乐歌。一、三两章侧重写曾孙劝农和在农官监督下农奴劳动的情况；二章侧重写祭神祈雨；四章侧重写丰收景况。此诗条理清晰而又富于变化，读起来非常生动。

大 田

大田多稼，既种既戒①，既备乃事②。以我覃耜③，俶载南亩④。播厥百谷⑤，既庭且硕⑥，曾孙是若⑦。 既方既皂⑧，既坚既好，不稂不莠⑨。去其螟螣⑩，及其蟊贼⑪，无害我田稚⑫。田祖有神⑬，秉畀炎火⑭。 有渰萋萋⑮，兴雨祈祈⑯。雨我公田，遂及我私。彼有不获稚⑰，此有不敛穧⑱，彼有遗秉⑲，此有滞穗⑳，伊寡妇之利。 曾孙来止，以其妇子。馌彼南亩，田畯至喜。来方禋祀㉑，以其骍黑㉒，与其黍稷。以享以祀，以介景福。

【注释】

①种：选种子。戒：同“械”，用作动词，指修理农具。②乃事：这些事。③覃（yǎn）：通“剡”，锐利。耜（sì）：原始的犁头。④俶：开始。载：从事。⑤厥：其。⑥庭：同“挺”。⑦若：顺。⑧方：通“房”，指谷粒已生嫩壳，还未合拢。皂（zào）：谷壳已结成，籽粒尚未坚实。⑨稂（láng）：指穗粒空的禾。莠（yǒu）：形似禾的一种杂草，亦名狗尾草。⑩螟：吃禾心的虫。螣（tè）：吃禾叶的害虫。⑪蟊（máo）：吃禾根的虫。贼：吃禾节的虫。⑫稚：幼禾。⑬有神：有灵。⑭秉：拿。炎火：大火。⑮渰（yǎn）：阴云密布的样子。萋萋：假借为凄凄，天气清冷的样子。⑯兴雨：下起雨来。祈祈：云盛貌。⑰获：收割。⑱敛：收。穧

(jì)：禾把。⑲秉：把，将禾捆成一把把。⑳滞：遗留。㉑禋（yīn）：古代祭天的一种礼仪，先烧柴升烟，再加上牲体、五谷、玉帛等于柴上焚烧。㉒骍：指赤黄色的牛。黑：指黄色的猪。

【译文】

大田里的庄稼多又多，又选种了又修农具，做好这些准备呀。用我们锐利的犁头，从南田开始耕起呀。播种各样庄稼，庄稼长得直又大，周王顺心又快活。谷粒渐长成，皮坚，实又好，没有稂苗，没有莠草。去掉那螟虫和蝗虫，还有蝼蛄，别让它们害我田里的庄稼。田祖爷有神灵，用火将它们都烧尽。　天上乌云密布，雨呀淅沥沥。滋润我们的公田，惠及我们的私地；那儿有晚熟的庄稼还没收，这儿有没捆的庄稼散田头；那儿丢下禾一把，这儿有穗子忘了拿，这可对寡妇很有利。　周王来到这田间，后面跟着农妇和孩子，他们是送饭到南边的田，田官欢喜吃。秋收后呀祭老天，用那黄牛和黑猪，还有黍米和高粱。来献上，来祭上，求得大福气。

【解析】

这是一篇歌颂农事的乐歌。诗以写实手法写了当时的农事活动，从选种、备耕到犁田、播种、护苗、除草、杀虫、祈雨、收获、送饭、祭祖的整个农事过程，对后人了解周代的社会经济形态，尤其是农业发展状况极有参考价值。特别是第三章写寡妇捡拾遗禾滞穗以充饥的情景，更有意义，是认识当时社会现实生活的生动教材。

桑扈

交交桑扈①，有莺其羽②。君子乐胥③，受天之祜④。　交交桑扈，有莺其领⑤。君子乐胥，万邦之屏。　之屏之翰⑥，百辟为宪⑦。不戢不难⑧，受福不那⑨。　兕觥其觩⑩，旨酒思柔。彼交匪敖⑪，万福来求⑫。

【注释】

①桑扈：鸟名，亦名青雀。②有莺：即“莺莺”，有文采的样子。③胥：语助词。④祜：福。⑤领：鸟颈。⑥翰：假借为“榦”，筑墙时支持在两边的木柱。⑦辟（bì）：国君。百辟：即诸侯。⑧不：语助词，无义。下句同。戢（jí）：和。难：当读为“戁（nǎn）”，守礼节的意思。⑨那（nuó）：多。⑩觩（qiú）：角弯曲的样子。⑪彼：同“匪”。交：“儌”的假借，言语直而无礼貌。敖：同“傲”。⑫求：聚。

【译文】

小巧玲珑青雀鸟，彩色羽毛多俊俏。祝贺各位常欢乐，上天赐福运气好。　小小青雀在飞翔，头颈彩羽闪闪亮。祝贺各位常欢乐，国家靠你当屏障。　为国屏障为骨干，诸侯把你当典范。克制自己守礼节，受福多得难计算。　牛角酒杯弯又弯，美酒香甜性儿软。与人交往不骄傲，万福齐聚遂心愿。

【解析】

这是一首颂诗。诗中歌颂的是一位模范诸侯，他文才出众、性情柔和、不侮不傲，能屏障万国，足以成为诸侯的典范。朱熹说“此亦天子燕诸侯之诗”(《诗集传》)，即是在周天子宴请诸侯时演唱以激励诸侯的。这首诗的文辞华美，声韵也很考究。

鸳鸯

鸳鸯于飞，毕之罗之①。君子万年，福禄宜之。 鸳鸯在梁②，戢其左翼③。君子万年，宜其遐福④。 乘马在厩⑤，摧之秣之⑥。君子万年，福禄艾之⑦。 乘马在厩，秣之摧之。君子万年，福禄绥之。

【注释】

①毕：有长柄的捕鸟小网。罗：张在地上无柄的捕鸟大网。②梁：拦鱼的水坝。③戢：假借为“捷”，插。④遐：远。⑤乘马：四匹马。⑥摧（cuò）：铡碎的草，此指以草喂马。秣：以谷喂马。⑦艾：辅助。

【译文】

鸳鸯往来双双飞，安放网罗去捕它。君子长寿活万年，天赐福禄应给他。 鸳鸯息在河梁上，嘴插左翅睡得香。君子长寿活万年，天永赐福给他享。 乘马拴在马厩里，用刍用粮饲养它。君子长寿活万年，福禄永远养着他。 乘马拴在马厩里，用粮用刍饲养它。君子长寿活万年，福禄永远恩赐他。

【解析】

这是一首婚礼上的祝福歌。第一、二章用鸳鸯起兴写夫妇爱慕之义，第三、四章写铡草喂马，用于结婚迎亲之礼。

车　舝

间关车之舝兮①，思娈季女逝兮②。匪饥匪渴，德音来括③。虽无好友，式燕且喜④。　依彼平林⑤，有集维鷮⑥。辰彼硕女⑦，令德来教。式燕且誉⑧，好尔无射⑨。　虽无旨酒，式饮庶几⑩。虽无嘉肴，式食庶几。虽无德与女⑪，式歌且舞。　陟彼高冈，析其柞薪⑫。析其柞薪，其叶湑兮。鲜我觏尔⑬，我心写兮。　高山仰止，景行行止⑭。四牡騑騑⑮，六辔如琴。觏尔新昏，以慰我心。

【注释】

①间关：象声词。舝：车轴两头的铁键。②思：发语词。娈：美好的样子。季女：少女。逝：往，指前往迎娶。③括：结合。④式：发语词。燕：通“宴”。⑤依：树木茂盛的样子。平林：平原上的树林。⑥鷮(jiāo)：一种长尾野鸡。⑦辰：善，美貌。⑧誉：同“豫”，欢乐。⑨好：爱。射(yì)：同“斁”，厌弃。⑩庶几：希望。⑪与：相与，相配。⑫柞：栎树。古人结婚时劈柴作火把，因而以析薪代指结婚迎亲。⑬鲜：

少,此有难得之意。⑭景行：大路。⑮骈骈：马走不停的样子。

【译文】

“咯咯”响转动的车轴呀，美丽的少女要出阁。不是饥饿不是渴，迎来新娘有美德。朋友虽然不太多，一起饮酒都快乐。　那茂盛的树林，长尾的野鸡在那儿聚集。美善高挑的大姑娘，用美德来教诲人。宴饮多欢乐，喜欢你呀不厌弃。　虽然酒儿不甘美，大家喝得也不少。虽然菜儿味不好，大家也都可以吃个饱。虽然没有美德与你配，也唱个歌来又跳个舞。　登临那高高的山岗，劈那柞树当柴烧。劈那柞树当柴烧，它们叶儿青又密。终于与你成婚配，我的心里多欢乐。仰望高山呀，在那大道走呀。四匹马儿多匆忙，六根缰绳如琴弦。今天与你成婚配，快乐充满我的心中。

【解析】

这是一首描写青年迎娶新娘的诗，诗中赞美了新娘的容貌与品德，表达了自己幸福喜悦的心情。

青　蝇

营营青蝇，止于樊①。岂弟君子②，无信谗言。　营营青蝇，止于棘。谗人罔极③，交乱四国④。　营营青蝇，止于榛。谗人罔极，构我二人⑤。

【注释】

①樊：篱笆。②岂弟：和气。③罔：无。极：准则。④交：俱。⑤构：挑拨离间使结怨。

【译文】

苍蝇飞舞声嗡嗡，飞上篱笆把身停。平易近人好君子，害人谗言您莫听。 苍蝇飞舞声嗡嗡，飞上枣树把身停。谗人说话没定准，搅乱各国不太平。 苍蝇飞舞声嗡嗡，飞上榛树把身停。谗人说话没定准，离间我们老交情。

【解析】

这是一首讽谏诗，诗劝谏当权者不要听信小人的谗言。诗中以青蝇比喻小人，极其准确、生动。诗结尾说："谗人罔极，构我二人。"二人是谁?《诗序》说此诗是讽刺幽王的。如果真是这样，则一人必是幽王，另一人必与幽王有极密切的关系，是周宗室中的重要人物。无怪王先谦说此诗是批评幽王听信褒姒谗言迫害太子宜臼的，那另一人就是宜臼。

鱼藻之什

鱼　藻

鱼在在藻[①]，有颁其首[②]。王在在镐[③]，岂乐饮酒[④]。　鱼在在藻，有莘其尾[⑤]。王在在镐，饮酒乐岂。　鱼在在藻，依于其蒲[⑥]。王在在镐，有那其居[⑦]。

【注释】

①第二个“在”是介词，相当于“于”。藻：水藻，水草的总称。②有颁（fén）：头大的样子。③镐：镐京，四周都城，在今陕西西安市西。④岂：通“恺”。岂乐：欢乐。⑤有莘（shēn）：莘莘，鱼尾巴长的样子。⑥蒲：蒲草，一种水生植物。⑦有那（nuó）：那那，盛大貌。

【译文】

水藻丛中鱼藏身，不见尾巴见大头。周王住在镐京城，逍遥快乐饮美酒。　水藻丛中鱼儿藏，长长尾巴左右摇。镐京城中住周王，喝喝美酒乐陶陶。　鱼儿藏在水藻中，贴着蒲草岸边游。周王在镐住王宫，居处安乐好享受。

【解析】

这是一首讽喻诗，写周建都镐京后饮酒作乐的事，语含讽刺。诗中通过鱼在藻中，摇头摆尾的起兴语形象，借古讽今、颂古非今、述古鉴今。虽然字面的意思还是正面的，即朱熹所说的“此天子燕诸侯，而诸侯美天子”，但诗意针对饮酒作乐的场面，又显然寓含讽意。

采菽

采菽采菽①，筐之莒之②。君子来朝③，何锡予之④？虽无予之⑤，路车乘马⑥。又何予之？玄衮及黼⑦。　觱沸槛泉⑧，言采其芹⑨。君子来朝，言观其旂⑩。其旂淠淠⑪，鸾声嘒嘒⑫。载骖载驷⑬，君子所届⑭。　赤芾在股⑮，邪幅在下⑯。彼交匪纾⑰，天子所予。乐只君子⑱，天子命之⑲。乐只君子，福禄申之⑳。　维柞之枝㉑，其叶蓬蓬㉒。乐只君子，殿天子之邦㉓。乐只君子，万福攸同㉔。平平左右㉕，亦是率从㉖。　汎汎杨舟㉗，绋缅维之㉘。乐只君子，天子葵之㉙。乐只君子，福禄膍之㉚。优哉游哉㉛，亦是戾矣㉜。

【注释】

①菽：大豆，此处指豆叶。②筐：方形的盛物竹器。莒：圆形的盛物竹器。③君子：指诸侯。④锡：赐。⑤虽：即使。⑥路车：古代诸侯坐的一种车子。乘马：四匹马。⑦玄衮：画着卷龙的黑色礼服。黼（fǔ）：画着黑白相间的斧形花纹的礼服。⑧觱（bì）沸：泉水涌出翻腾的样子。槛：借为“滥”，涌。⑨言：语首助词。芹：水芹菜。⑩旂：古时旗的一

种，旗上有铃，画有蛟龙。⑪淠淠（pèi）：旗帜飘动的样子。⑫鸾：车铃。嘒嘒：车铃声。⑬载：语助词。骖：一车驾三马。驷：一车驾四马。⑭届：来到。⑮芾（fú）：蔽膝。古制诸侯用赤芾。⑯邪幅：绑腿。在下：在膝盖的下面。⑰彼：通“匪”，不是。交：“绞”的假借，急切。纾：缓。⑱只：语气词。⑲命之：策命，此处是策封之意。⑳申：重复，指福上加福。㉑维：语首助词。柞：树名。㉒蓬蓬：茂盛的样子。㉓殿：镇定，安抚。㉔攸：所。同：聚。㉕平平：长于口才、办事能干的样子。左右：指左右臣下。㉖亦：发语词。率：遵循。㉗汎汎：飘流的样子。㉘绋：系船的麻绳。缅：拉船用的竹索。维：系。㉙葵：通“揆”，估量。指估量诸侯的才德。㉚膍（pí）：厚，指厚赐。㉛优、游：闲暇自得的样子。㉜戾：安定。

【译文】

采豆叶呀采豆叶，方筐圆筐往里装。诸侯来朝见我王，天子用啥去赐赏？纵使没有厚赏赐，一辆路车四马壮。此外还有什么赏？花纹礼服画龙裳。　在那翻腾涌泉旁，采下芹菜味儿香。诸侯来朝见我王，遥看龙旗已在望。旗帜飘飘随风扬，铃声不断响叮当。三马四马各驾车，诸侯乘它到朝堂。　红皮蔽膝垂到股，绑腿斜缠小腿上。装束紧凑不松懈，这是天子所奖赏。诸侯公爵真快乐，天子策命赐嘉奖。诸侯公爵真快乐，洪福厚禄从天降。　柞树枝条长又长，叶子茂密多兴旺。诸侯公爵真快乐，辅佐天子镇四方。诸侯公爵真快乐，万种福禄都安享。左右臣子很能干，顺从君命国安康。　杨木船儿河中漾，系住不动靠船缆。诸侯公爵真快乐，天子准确来衡量。诸侯公爵真快乐，厚赐福禄有嘉奖。优游闲适过日子，美好生活能达到。

【解析】

这是一首祝颂诗。诗写西周盛时，诸侯来朝，天子厚赐诸侯，并为之祝福的事。这首诗当作为欢迎曲，在诸侯朝会时演唱。《诗序》说此诗是讽刺周幽王不能礼待诸侯的，这显然是一种有意的引申，因为全诗充满喜洋洋的气氛，毫无讥刺痕迹。

隰　桑

隰桑有阿①，其叶有难②。既见君子③，其乐如何。　隰桑有阿，其叶有沃④。既见君子，云何不乐⑤。　隰桑有阿，其叶有幽⑥。既见君子，德音孔胶⑦。　心乎爱矣，遐不谓矣⑧？中心藏之，何日忘之！

【注释】

①隰（xí）桑：长在低湿地里的桑树。阿：通“婀”，柔美的样子。②难（nuó）：通“傩”，傩傩，茂盛的样子。③君子：指丈夫。④沃：肥厚柔润。⑤云：发语词，无义。⑥幽：青黑色，这里指叶子深绿的样子。⑦德音：美好的声音，好话。孔胶：很牢固。⑧遐：通“何”。谓：告。

【译文】

洼地桑树多么美，它的叶儿嫩又肥，终于看见那人啊，这份快乐怎么说。洼地桑树多么美，它的叶儿柔又肥，终于看见那人啊，难道还说不快乐。 洼地桑树多么美，它的叶儿绿又肥，终于看见那人啊，情意更加深厚了。 心里真是爱极了，何不向他说出呀？内心深处爱着他，哪有一日忘记过！

【解析】

这是一首情歌，用枝叶茂盛秀美的桑树起兴，表达了见到君子之时的喜悦心情，心中虽然深爱着这位君子，却又不肯明白地告诉他，只是藏在心底，深深地爱慕和思念。

绵 蛮

绵蛮黄鸟①，止于丘阿②。道之云远③，我劳如何。饮之食之，教之诲之。命彼后车④，谓之载之⑤。绵蛮黄鸟，止于丘隅⑥。岂敢惮行，畏不能趋⑦。饮之食之，教之诲之。命彼后车，谓之载之。绵蛮黄鸟，止于丘侧。岂敢惮行，畏不能极⑧。饮之食之，教之诲之。命彼后车，谓之载之。

【注释】

①绵蛮：鸟鸣声。一说是鸟毛文彩细密的样子。②丘阿：山坡弯曲处。

③云：句中语助词。④后车：后边的车，亦名“副车”。⑤谓：命、叫。载：装载。二“之”字前一个代后车的御夫，后一个代行役者。⑥隅：角。⑦趋：快走。⑧极：至，指到达目的地。

【译文】

黄鸟羽毛密又亮，停在路边山坡上。道路实在太遥远，奔波劳累真够呛！他给我吃给我喝，教导我又开导我。命那后车停一停，吩咐让我坐上车。黄鸟羽毛密又亮，山坡角落好休息。哪敢害怕走远路，只怕慢了跟不上。他给我吃给我喝，教导我又开导我。副车御夫停一停，让他坐上莫着急。黄鸟羽毛密又亮，停在路边山坡旁。哪敢畏惧走远路，只怕不能到那方。给我喝的给我吃，对我教育又开导。后车御夫停一停，让他坐上把路赶。

【解析】

这首诗写的是行役之人苦于长途跋涉，又困于饥渴，在十分无奈的时候遇上了一位好心的贵族，把我载在副车上，并给他吃喝，还安慰他、开导他。他很感动，故作此诗以表达感激之情。

何草不黄

何草不黄？何日不行？何人不将[①]，经营四方？　何草不玄[②]？何人不矜[③]？哀我征夫，独为匪民。　匪兕匪虎，率彼旷野[④]。哀我征夫，朝夕不暇。　有芃者狐[5]，率彼幽草。有栈之车[6]，行彼周道。

【注释】

①将：行，指出征。②玄：赤黑色，百草由枯而烂的颜色。③矜（guān）：通“鳏”，无妻者。征夫离家，等于无妻。④率：循、沿着。⑤芃（péng）：兽毛蓬松的样子。⑥有栈：栈栈，役车高高的样子。

【译文】

哪有草儿不枯黄？哪有日子不奔忙？哪个人啊不出征，往来匆忙走四方？　哪有草儿不枯烂？哪有人儿不孤单？可怜我们出征人，要想像人难上难。　那野牛，那猛虎，沿着旷野常出入。可怜我们出征人，从早到晚没空闲。　狐狸的尾巴毛蓬松，沿着路边深草钻。高大役车向前行，行在周室大道中。

【解析】

这是一首反映征夫之苦的诗。这首诗头两章用野草都枯死了起兴，衬托久役征夫的痛苦和无望；后章以野兽奔走于旷野兴兼比，写征夫生活的艰苦和战争的无休无止，都形象深刻。头两章反复运用反诘句法，让读者参与其中，思考作答，留下极深的印象。

◎大　雅

文王之什

文　王

文王在上[①]，於昭于天[②]，周虽旧邦[③]，其命维新[④]。有周不显[⑤]，帝命不时[⑥]。文王陟降[⑦]，在帝左右。　亹亹文王[⑧]，令闻不已[⑨]。陈锡哉周[⑩]，侯文王孙子[⑪]。　文王孙子，本支百世[⑫]。凡周之士[⑬]，不显亦世[⑭]。　世之不显，厥犹翼翼[⑮]。思皇多士[⑯]，生此王国。王国克生[⑰]，维周之桢[⑱]；济济多士[⑲]，文王以宁。　穆穆文王[⑳]，於缉熙敬止[㉑]。假哉天命[㉒]，有商孙子。商之孙子，其丽不亿[㉓]。上帝既命，侯于周服[㉔]。　侯服于周，天命靡常[㉕]。殷士肤敏[㉖]，祼将于京[㉗]。厥作祼将，常服黼冔[㉘]。王之荩臣[㉙]，无念尔祖[㉚]。　无念尔祖，聿修厥德[㉛]。永言配命[㉜]，自求多福。殷之未丧师[㉝]，克配上帝。宜鉴于殷[㉞]，骏命不易。命之不易[㉟]，无遏尔躬[㊱]。宣昭义问[㊲]，有虞殷自天[㊳]。上天之载[㊴]，无声无臭[㊵]。仪刑文王[㊶]，万邦作孚[㊷]。

【注释】

①文王：周文王，名姬昌。②於（wū）：赞叹声。昭：光明。③旧邦：旧国。周从古公亶父由豳迁岐建国，故称周为旧邦。④命：指天命。维：是。⑤有：词头，无义。不：通“丕”，大。显：光明。⑥帝命：指上帝命周为天子。时：善美。⑦陟降：升降。⑧亹亹（wěi）：勤勉的样子。⑨令闻：好声誉。⑩陈：一再，重复。锡：通“赐”。哉：读为“兹”，此。⑪侯：使之为侯。⑫本支：树木的根干和枝叶。引申为本宗和支系之意。⑬士：指周朝的百官群臣。⑭亦世：同“奕世”，累世。⑮厥：其。犹：计谋。翼翼：思虑深远貌。⑯思：语助词。皇：美。⑰克：能。⑱维：是。桢：干、骨干。⑲济济：多而整齐的样子。⑳穆穆：仪表美好，态度端庄恭敬的样子。㉑於：感叹词。缉熙：形容文王器德光明正大的样子。敬：谨慎负责。止：语尾助词。㉒假：大。㉓丽：数目。不：语助词，无义。㉔侯于周服：侯服于周的倒文。侯：乃、就。服：臣服。㉕靡常：无常。㉖肤：壮美。敏：敏捷。㉗祼将：将祼。将：举行。祼（guàn）：灌祭，祭礼的一种仪式。于：往。京：周京师。㉘常：通“尚”，还是。服：穿戴。黼（fǔ）：殷商的礼服，上面刺着白黑相间的花纹。冔（xǔ）：殷商的礼帽。㉙王：指成王。荩：进。荩臣：进用之臣。㉚无：发声词，无义。㉛聿：惟。㉜言：语助词。配命：配合天命。㉝师：众，指群众，军队。㉞鉴：镜子、借鉴。㉟骏：大。㊱遏：停止、断绝。㊲宣昭：宣明、发扬光大。义：善。问：通“闻”。义问：好名誉。㊳有：同“又”。虞：度，鉴戒。㊴载：事。㊵臭：气息、气味。㊶仪刑：效法。㊷作：则、就。孚：信。

【译文】

文王的神灵高高在上，在天上放光芒。周朝虽然非新邦，它的国运却很新。周的前途很光明，它的天命正兴旺。文王的神灵天上降，附在君王的左右两旁。 勤勉的周文王，美好的声誉流传下去。开创周朝显恩德，文王的子孙把王位得。文王的子孙都沾光，宗族传百世。凡是周朝的贵族，大大显贵到后世。 世世代代都显贵，他们谋略很周全。希望有众多美好的人才，在这王国里生长。周国能将人才养，他们都是周朝的骨干。这么众多的人才，文王用他们来安定周邦。 严肃和蔼的文王，正大光明，严肃端庄。天命伟大呀，令文王臣服了殷商。商代的子孙，它的人丁数万上亿。上帝已经下了令，他们臣服于周。 殷商臣民臣服于周，天命无常道。殷商诸臣漂亮敏捷，在那周京行祭祀。他们行祼祭，还穿殷朝的遗衣。奉劝殷王遗臣， 不要把你祖先叨念。不要把你祖先叨念，修养那些好品德。永远要合乎天命，自求多多地增福。殷商未失民众时，也还能配合上帝。殷的兴亡是借鉴， 保有天命不容易。保有天命不容易，不要在你们身上中断天命。宣扬文王的好声名，又要考虑殷的灭亡是天意。老天爷行事，没有声音，也无气味。好好效法周文王，万邦诸侯就会相信服从。

【解析】

诗为祭文王而作。写文王在天之灵；文王能布施，能用人；又写文王能恭敬，顺天命，使商朝的子孙来臣服；更写后王当修德以配天命，当以殷为鉴，善法文王，为万国所归向。旧说为周公戒成王诗，或亦可信。通篇用蝉联格。

棫朴

芃芃棫朴[①]，薪之槱之[②]。济济辟王[③]，左右趣之[④]。 济济辟王，左右奉璋[⑤]。奉璋峨峨[⑥]，髦士攸宜[⑦]。 淠彼泾舟[⑧]，烝徒楫之[⑨]。周王于迈[⑩]，六师及之[⑪]。倬彼云汉[⑫]，为章于天[⑬]。周王寿考[⑭]，遐不作人[⑮]？ 追琢其章[⑯]，金玉其相[⑰]。勉勉我王[⑱]，纲纪四方[⑲]。

【注释】

①芃芃（péng）：茂盛的样子。棫（yù）、朴：二种丛生灌木。②槱（yǒu）：堆积木柴，点火烧起，用以祭祀天神。③济济：仪容端庄貌。辟（bì）：君。辟王：君王，指周文王。④左右：指周王左右诸臣。趣：通“趋”，疾走。⑤奉：捧。璋：璋瓒，祭祀时盛酒的器具。⑥峨峨：盛服端庄的样子。⑦髦士：英俊之士。指助祭的诸侯、卿士。攸：所。宜：适合。⑧淠（pì）：舟行水中声。泾：水名。⑨烝：众。徒：服役的人，指船夫。楫：划船。⑩于：往。迈：行。⑪师：古代二千五百人为一师。及：与、和。之：指周王。⑫倬：广大。云汉：银河。⑬章：花纹。⑭寿考：长寿。⑮遐：通“何”。作：培养、造就。⑯追（diāo）：“雕”的假借字。⑰相：本质。⑱勉勉：勤勉不懈的样子。⑲纲纪：治理。

【译文】

棫树朴树枝叶茂，砍下当作祭柴烧。周王端庄走在前，左右群臣跟着跑。 周王恭敬又严肃，群臣手捧玉酒壶。捧着酒壶真端庄，英俊贤士有气度。 泾水行船哗哗响，众人用力齐划桨。周王将要去远征，六军云集威风扬。 银河漫漫广无边，星光灿烂布满天。周王长寿在位久，何不树人用百年？ 精雕细刻有才华，质如金玉无疵瑕。勤奋勉力我文王，张纲立纪教四方。

【解析】

这首诗写周王祭礼天帝、冢社、发兵出巡，歌颂了周王及其臣下的贤德英明。一说是文王伐崇的誓词，或亦可信。

旱 麓

瞻彼旱麓①，榛楛济济②。岂弟君子③，干禄岂弟④。 瑟彼玉瓒⑤，黄流在中⑥。岂弟君子，福禄攸降⑦。 鸢飞戾天⑧，鱼跃于渊。岂弟君子，遐不作人⑨。 清酒既载⑩，骍牡既备⑪。以享以祀，以介景福⑫。 瑟彼柞棫⑬，民所燎矣⑭。岂弟君子，神所劳矣⑮。 莫莫葛藟⑯，施于条枚⑰。岂弟君子，求福不回⑱。

【注释】

①旱：山名。麓：山脚。②楛（hù）：树名。楛和榛都是丛生小灌木。

济济：众多。③岂（kǎi）弟：亦作恺悌，和易近人。君子：指周王。④干：求。禄：福。⑤瑟：洁净鲜明的样子。玉瓒：即圭瓒，天子祭神时所用的酒器。⑥黄：勺。流：酒。黄流在中：指酒从勺中流出。⑦攸：所。⑧鸢（yuān）：鹞鹰。戾：至。⑨遐不作人：见上篇注。⑩载：陈设。⑪骍牡：赤色的公牛。⑫介：求。景：大。⑬瑟：众多的样子。⑭燎：烧柴祭神。⑮劳：劳来，保佑。⑯莫莫：茂密的样子。葛藟：葛藤。⑰施（yì）：蔓延。条：树枝。枚：树干。⑱回：违。不回：不违先祖之道。

【译文】

遥望那旱山山麓，榛树楛树很繁盛。平易和乐的周王，求禄求得多遂心。　祭神酒器鲜亮洁净，黄酒从中流出来。平易和乐的周王，福禄不断降下来。　鹞鹰飞翔到天上，鱼儿跳跃在深渊。平易和乐的周王，人才万千你培养。清醇美味酒已摆好，红色公牛已备好。供祭祖先来享受，祖先赐你大福禄。　密密一片柞楛林，人民砍下来烧火。平易和乐的周王，神灵下来保佑他。　茂密葛藤枝蔓延，蔓延树梢头。平易和乐的周王，求得福禄不违祖道。

【解析】

这是一首颂诗。歌颂周文王敬事祖先，求福得福。诗给被颂者的总评价是“岂弟”平和而安乐。心无邪思，“求福不回”（不以邪僻来求取个人的幸福），才能为“神所劳（祐）”，而“福禄攸降”，这样才能永葆平和安乐，成为“岂弟君子”。从这个角度说，诗既是颂，也是诫——颂前王而诫今后。

思　齐

思齐大任[①]，文王之母。思媚周姜[②]，京室之妇[③]。大姒嗣徽音[④]，则百斯男[⑤]。惠于宗公[⑥]，神罔时怨[⑦]，神罔时恫[⑧]。刑于寡妻[⑨]，至于兄弟，以御于家邦[⑩]。雍雍在宫[⑪]，肃肃在庙[⑫]。不显亦临[⑬]，无射亦保[⑭]。肆戎疾不殄[⑮]，烈假不瑕[⑯]。不闻亦式[⑰]，不谏亦入[⑱]。肆成人有德[⑲]，小子有造[⑳]。古人之无斁[㉑]，誉髦斯士[㉒]。

【注释】

①思：发语词。齐：端庄。大任：即“太任”，王季之妻，文王之母。②媚：美好。此指德行美好。周姜：即“太姜”，古公亶父之妻，王季之母。③京室：周王室。④大姒：即“太姒”，文王之妻。嗣：继承。徽音：美誉。⑤百：虚数，言其多。斯：语助词。⑥惠：孝顺。宗公：宗庙中的先公，即祖宗。⑦神：即祖先之神。罔：无。时：或，所。⑧恫（tōng）：伤痛。⑨刑：通“型”，典范。寡妻：嫡妻。⑩御：治理。⑪雍雍：和睦的样子。宫：家。⑫肃肃：严肃恭敬的样子。⑬不显：即丕显，指明显的事。亦：语助词。临：临视、视察。⑭无：语助词。射：通“夜”，暗处，僻处。保：保守。⑮肆：所以。戎疾：凶恶，灾难。不：语助词，下句同。殄：断绝。⑯烈：“厉”的假借字。假：“瘕”的假借字，即“蛊”字。厉蛊：害人的瘟疫。瑕：同“遐”，远去。⑰不、亦：语助词。闻：听。

式：用。⑱入：采纳。⑲有德：有好的品德。⑳小子：指青少年，儿童。有造：有造就。㉑古之人：指文王。斁（yì）：餍足。㉒誉：有声望。髦：俊，出类拔萃的人才。斯：这些。

【译文】

太任谨慎又庄重，她是文王的母亲。美好温顺的周姜，她是王室的妃嫔。太姒继承她们的美德，生下的男儿很多。　文王顺奉先祖，神灵对他无所怨，神灵安心无所痛。文王以礼待嫡妻，进而友爱兄弟，为宗族国家树立准则。　宫中和睦又相亲，他在宗庙肃穆庄重。他在众人面前审察自省，他在人后则谨慎自矜。大灾大难他扫除，人民的痛苦他解决。他采纳实行忠言，他倾听谏言暗记在心。啊，文王成就了美德节行，年轻人也能建功立业。祖先之业不会败坏，举拔英才贤能他擅长！

【解析】

这是一首颂诗，歌颂周文王能修身、齐家、治国的美德和这些美德的本源。首章先歌颂了与文王密切相关的三个女人：文王的祖母，美丽的太姜——文王得其仪容；文王的母亲，端庄的太任——文王得其神质；文王的妻子，兼具美丽与端庄于一身的太姒——文王得其辅助。她们是文王得以成为贤王的本源所在。第二章总写文王敬祖宗、刑妻子、友兄弟、御家邦的美德。第三章侧重写文王的恭敬、谨慎。第四章侧重写文王的式闻(闻善则用)、纳谏。第五章侧重写他的化民、举贤。

灵台

经始灵台[①]，经之营之。庶民攻之[②]，不日成之[③]。经始勿亟[④]，庶民子来[⑤]。　王在灵囿[⑥]，麀鹿攸伏[⑦]。麀鹿濯濯[⑧]，白鸟翯翯[⑨]。王在灵沼[⑩]，於牣鱼跃[⑪]。　虡业维枞[⑫]，贲鼓维镛[⑬]。於论鼓钟[⑭]，於乐辟廱[⑮]！　於论鼓钟，於乐辟廱！鼍鼓逢逢[⑯]，矇瞍奏公[⑰]。

【注释】

①经始：开始规划营造。灵台：台观名，在今陕西西安西北。②攻：建造。③不日：不几天。④亟：同“急”。⑤庶民子来：意思是说大人小孩都来参加建造灵台的劳动。⑥囿：古代帝王畜养禽兽的园林。⑦麀（yōu）鹿：母鹿。攸：所。⑧濯濯：肥美的样子。⑨翯翯（hè）：洁白的样子。⑩灵沼：池名。⑪於（wū）：叹美声。牣（rèn）：满。⑫虡（jù）：悬挂钟磬的木架。业：装在虡上的一块大板。维：与。枞：亦名崇牙，大板上的一排锯齿，用以悬挂钟磬。⑬贲（fén）：大鼓。镛：大钟。⑭论：通“伦”，次序。形容鼓和钟配合得有节奏，很协调。⑮辟廱（bì）：文王离宫名。⑯鼍（tuó）：即扬子鳄，皮坚，可以制鼓面。逢逢（péng）：鼓声。⑰矇、瞍：都是古代盲人的专称。古代乐师常以盲人充任。公：通“功”，成功，指灵台落成。

【译文】

那灵台动工了，测量它、设计它。人民都来建筑它，不几日就要建成。动工之始莫急躁，人们参加多踊跃。 文王在那灵囿，母鹿哺子地上伏。母鹿身子多肥胖，白鹤羽毛亮。文王在那灵沼上，啊，看那满池的鱼儿直跳跃。 钟架崇牙已架好，悬着大鼓和大钟，啊，敲起钟。啊，快乐的水上宫。 啊，敲起钟。啊，快乐的水上宫。鼍皮鼓儿震天响，瞽师奏乐庆成功。

【解析】

这是一首颂诗。诗中借文王修灵台、游灵囿、赏雅乐的事，歌颂他的得民心、顺天意。不但百姓愿为他效力，就是鸟兽也尽现祥和欢愉的情态。诗的整体气氛十分雍容、和谐。

下　武

下武维周①，世有哲王②。三后在天③，王配于京④。 王配于京，世德作求⑤。永言配命，成王之孚⑥。成王之孚，下土之式⑦。永言孝思⑧，孝思维则⑨。 媚兹一人⑩，应侯顺德⑪。永言孝思，昭哉嗣服⑫。 昭兹来许⑬，绳其祖武⑭。於万斯年⑮，受天之祜⑯。 受天之祜，四方来贺。於万斯年，不遐有佐⑰。

【注释】

①下：后嗣。武：足迹。②哲：明智。③三后：指太王、王季、文王。④王：指武王。配：上配祖德。京：镐京，周的都城。⑤作：为。

求：通“逑”，匹配。⑥成王：武王子，名诵。孚：信。⑦式：法式、榜样。⑧言、思：均为语助词。⑨则：法则。⑩媚：爱。兹：此。一人：指周武王。⑪应：当。侯：维，语助词。⑫昭：昭明、宣扬。嗣服：嗣，继服，事。⑬兹：通“哉”。来许：和“嗣服”同义，后进。⑭绳：继承。武：迹。祖武：祖先的事业。⑮於（wū）：叹美声。斯：语助词。⑯祜：福。⑰遐：远。

【译文】

周家一代继一代，每代都有明智的君王。三代先王神灵在天上，武王在京为周王。　武王当王配天命，品德美好不逊祖先。长久地秉承天意，成王诚信民归心。　成王诚信民归心，四邻以他为榜样。永怀恭敬尽孝道，孝行即是法先王。　万民爱戴周武王，能顺祖德大发扬。永怀恭敬尽孝道，昭告子孙切勿忘。昭告子孙要牢记，遵循祖宗的法则。国运万年长，上天福永降。　接受那老天的福，四方之国来朝周。国运万年长，远方邻国朝周作藩障。

【解析】

这是一首颂诗，歌颂周武王能继承先王的德业，以孝为治国之本，使周永受上天的福佑。诗的内容比较简单，但韵式整齐，各章间多用顶真格修辞，以前章尾句为后章首句，把各章连为一体，读来郎朗上口，增加了诗的表现力。

生民之什

生　民

厥初生民？时维姜嫄[①]。生民如何？克禋克祀[②]，以弗无子[③]。履帝武敏歆[④]，攸介攸止[⑤]。载震载夙[⑥]，载生载育，时维后稷[⑦]。　诞弥厥月[⑧]，先生如达[⑨]。不坼不副[⑩]，无菑无害。以赫厥灵[⑪]，上帝不宁。不康禋祀[⑫]，居然生子[⑬]。　诞寘之隘巷，牛羊腓字之[⑭]。诞寘之平林，会伐平林[⑮]。诞寘之寒冰，鸟覆翼之。鸟乃去矣，后稷呱矣[⑯]。实覃实訏[⑰]，厥声载路[⑱]。　诞实匍匐，克岐克嶷[⑲]，以就口食[⑳]。蓺之荏菽[㉑]，荏菽旆旆[㉒]。禾役穟穟[㉓]，麻麦幪幪[㉔]，瓜瓞唪唪[㉕]。　诞后稷之穑[㉖]，有相之道[㉗]。茀厥丰草[㉘]，种之黄茂[㉙]。实方实苞[㉚]，实种实褎[㉛]，实发实秀[㉜]，实坚实好[㉝]，实颖实栗[㉞]，即有邰家室[㉟]。　诞降嘉种[㊱]，维秬维秠[㊲]，维穈维芑[㊳]。恒之秬秠[㊴]，是获是亩[㊵]。恒之穈芑，是任是负[㊶]，以归肇祀[㊷]。　诞我祀如何？或舂或揄[㊸]，或簸或蹂[㊹]。释之叟叟[㊺]，烝之浮浮[㊻]。载谋载惟[㊼]，取萧祭脂[㊽]，取羝以軷[㊾]，载燔载烈[㊿]。以兴嗣岁[51]。

卬盛于豆[52]，于豆于登[53]，其香始升。上帝居歆[54]，胡臭亶时[55]。后稷肇祀，庶无罪悔[56]，以迄于今。

【注释】

①时：是。姜嫄：后稷的母亲，传说为有邰氏之女。可能是原始社会母系氏族制中有邰氏部落酋长。②克：能，善于。第二个“克”字是衬字。禋（yī nǚ：祀，古代祭天神的一种礼仪，先烧柴升烟，再加牲体及玉帛于柴上焚烧。③弗：“祓”的假借，用祭祀来除去灾难。④履：践踏。帝：上帝。武：足迹。敏：同“拇”，大脚趾。歆：心中有所感应的样子。⑤攸：语助词。介：休息。止：止息。⑥载：语助词。震：同“娠”，怀孕。夙：同“肃”，指生活上不再同男子交往。⑦后稷：传说中帝尧的农官，姓姬，名弃。发明耕种五谷，后人尊之为谷神。⑧诞：发语词。弥：满。⑨先生：初生。如：同“而”。达：通“羍”，初生的小羊。一说顺利、顺畅。⑩坼（chè）：裂开。副（pì）：破裂。⑪赫：显示。⑫不康：指姜对于踩着上帝大脚趾印而怀孕深感不安。⑬居然：徒然。⑭腓（féi）：庇护。字：爱。指牛羊给后稷喂奶。⑮会：恰巧碰上。⑯呱（gū）：小儿哭声。⑰实：是。覃（tán）：长。訏（xū）：大。⑱载：充满。⑲岐、嶷：有知识，能识别。⑳就：趋往。㉑蓺：种植。㉒旆旆（pèi）：茂盛的样子。㉓役：同“颖”，庄稼的穗。穟穟（suì）：禾穗丰硕下垂的样子。㉔幪幪：茂密的样子。㉕瓞（dié）：小瓜。唪唪（běng）：果实累累的样子。㉖穑（sè）：种植五谷。㉗相：帮助。道：方法。㉘茀：同“拂”，拔除。丰：茂盛。㉙黄茂：金黄的谷类，良种谷物。㉚方：萌芽刚出土。苞：谷苗丛生。㉛种：谷种生出短苗。褎（yòu）：禾苗渐渐长高。㉜发：禾茎舒发拔节。秀：禾开始生穗结实。㉝坚：谷粒灌浆饱满。㉞颖：禾穗丰硕下垂。栗：收获众多。㉟有邰：当时氏族，

传说帝尧因后稷对农业生产有贡献而封他于邰地。㊱降：赐。㊲秬（jù）：黑黍。秠（pī）：黍的一种，一个黍壳中长有两粒黍米。㊳穈（mén）：谷子的一种，苗红。芑（qǐ）：一种白苗的高粱。㊴恒：同“亘”，遍及。㊵亩：作动词用，把割下的庄稼堆在田里。㊶任：挑。㊷肇：开始。㊸揄（yóu）：从臼中将舂好的米舀出。㊹簸：扬弃糠皮。蹂：同“揉”。㊺释：淘米。叟叟：淘米声。㊻烝：同“蒸”。浮浮：蒸饭时热气上升的样子。㊼谋：计划。惟：考虑。㊽萧：香蒿，今名艾。脂：牛肠脂。古时祭祀以牛油涂艾点燃，取其香气。㊾羝（dī）：公羊。軷（bá）：剥羊皮。㊿烈：将肉穿起来架在火上烤。51嗣岁：来年。52卬：我。53登：瓦制的碗，用以盛汤。54居：语助词。歆：飨、享受。55胡：大。臭（xiù）：香气。亶（dǎn）：确实。时：善。56庶：幸而。

【译文】

周祖先是谁所生？那是有邰姜嫄娘。如何生下周族人？姜嫄祈祷祭上苍，因为尚未生儿郎。踩了上帝大脚趾印，注意休息善养生。十月怀胎行端庄，一朝生子勤抚养，便是后稷周先王。　怀孕足月期限满，头胎生子真顺当。产门没破更没裂，无灾无难身健康，显出灵异和吉祥。唯恐上帝心不安，姜嫄惊慌祭祀忙，徒然生下小儿郎。　把他丢在小巷里，牛羊喂奶当妈妈。把他丢到树林中，樵夫砍柴救娃娃。把他丢到寒冰上，大鸟展翅温暖他。后来大鸟飞走了，后稷啼哭声呱呱。呱呱不停嗓门大，路人听了都驻足。　后稷刚会地上爬，又是聪明又乖巧，能够觅食吃得饱。少年就会种大豆，大豆一片长得好。种出谷子穗垂垂，麻麦茂密无杂草，瓜儿累累真不少。　后稷种地种得好，能够想出好门道。除却满田野生草，选择良种播得早。种子含苞吐嫩芽，禾苗窜出向上冒。拔节抽穗渐结实，谷粒饱满颜色好，禾穗沉沉产量高,定居邰地乐陶陶。

上天赐予好种子，子子粒粒黍米大，糜子高粱棵棵粗。遍地秬子和秠子，收获下来堆垅亩。遍地糜子和高粱，挑着背着忙运输，运回开始祭先祖。　说起祭祀怎个样？有的舂米有舀粮，有的搓米有扬糠。淘米声音嗖嗖响，蒸饭热气喷喷香。祭祀大事同商量，涂脂烧艾味芬芳。拿来公羊剥去皮，又烧又烤供神享。祈求来年更丰穰。　我把祭品装进碗，木碗瓦盆派用场，香气渐渐溢满堂。上帝降临来品尝，饭菜味道确实香。后稷开创祭祀礼，幸蒙神佑没灾殃，至今流传好风尚。

【解析】

这是周民族史诗之一，追述周人始祖后稷的生平事迹，诗的内容主要写后稷诞生的神话故事及其对农业生产的贡献。全诗叙事详尽，描写生动，可以当作一篇传记来读。

卷　阿

有卷者阿[①]，飘风自南。岂弟君子，来游来歌，以矢其音[②]。　伴奂尔游矣[③]，优游尔休矣。岂弟君子，俾尔弥尔性[④]，似先公遒矣[⑤]。　尔土宇昄章[⑥]，亦孔之厚矣。岂弟君子，俾尔弥尔性，百神尔主矣。　尔受命长矣，茀禄尔康矣[⑦]。岂弟君子。俾尔弥尔性，纯嘏尔常矣[⑧]。　有冯有翼[⑨]，有孝有德，以引以翼。岂弟君子，四方为则。 颙颙卬卬[⑩]，如圭如璋，令闻令望。岂弟君子，四方为纲。 凤皇于飞，翙翙其羽[⑪]，亦集爰止。蔼蔼王多吉士[⑫]，维君子使，媚于天子。 凤皇于飞，翙翙其羽。亦傅于天，蔼蔼王多吉人。维君子命，媚于庶人。 凤皇鸣矣，于彼高冈。梧桐生矣，于彼朝阳。菶菶萋萋[⑬]，雍雍喈喈。 君子之车，既庶且多。君子之马，既闲且驰。矢诗不多[⑭]，维以遂歌。

【注释】

①卷（quán）：曲。阿：大的丘陵。②矢：陈献。③伴奂：优游闲暇。④俾：使。性：同“生”，生命。弥：终。⑤似先公酋：继承祖宗功业长久。似：通“嗣”。酋：通“猷”，功业。⑥土宇：土地屋宅，代指领土封地。昄（bǎn）章：版图。⑦茀（fú）：小福，康：安康。⑧纯嘏（gǔ）：大福。纯，大。⑨冯（píng）：依托。翼：辅佐。⑩颙颙（yóng yóng）：肃敬温顺貌。卬卬（áng áng）：气概轩昂貌。⑪翙翙（huì huì）：鸟飞声。⑫蔼蔼（ǎi ǎi）：众多而有容仪。⑬菶菶（běng běng）：茂盛。⑭矢诗：陈诗。不，语助词。

【译文】

有卷曲的大土山，疾风从南方吹来。快乐平易的君王，游玩来又唱歌来，臣献颂歌声嘹亮。 优游闲暇你游了，逍遥自得你休息了。快乐平易的君王，祝你平安享天年，继承先祖功完满。 你的领土版图，也是得天独厚了。快乐平易的君王，祝你平安享天年，祭祀百神你主祭。

你受天命长久了，福禄使你安康了。快乐平易的君王，祝你平安享天年，天赐大福最久常。　有依靠有辅助，有孝行有美德，导引辅助在亲侧。快乐平易的君王，四方用你做法则。　人民仰望志高昂，有像玉圭像玉璋，有名声有威望。快乐平易的君王，四方用你做纪纲。　凤凰在飞，众多鸟儿展两翅，有时也聚集树上。王朝有众多善士，只听君王驱使，敬爱君王不敢违。　凤凰在飞，众多鸟儿展两翅。凤凰也飞到了上天，王朝有众多善士。只听君子命令，亲爱众人和善士。　凤凰叫了，在那高岗，梧桐生长了，在那朝阳照的地方。梧桐长得茂盛，凤凰叫得和顺。　君王的车辆已齐备，车子既多又华美。君王的马匹高又壮，善于奔驰快如飞。贤臣献诗多，遂被乐官谱成歌。

【解析】

这是一首颂诗，在祝颂之中又含有劝诫之意。诗共十章，在形式与内容上，前六章与后四章都明显地分为两大板块，因而有人认为它是两首诗的合一。其实即使是两篇合成了一篇，也都该是歌颂周王的，只是角度有所不同而已。诗的第一章是引子，倾诉了心声。第二章至第六章是歌者因周王的“矢音”而对周王进行祝颂，后四章则是以凤凰非梧桐不栖起兴，从而呼应了第一章的“来游来歌”。

荡之什

荡

荡荡上帝[1]，下民之辟[2]。疾威上帝[3]，其命多辟[4]。天生烝民[5]，其命匪谌[6]。靡不有初[7]，鲜克有终[8]。 文王曰咨[9]，咨女殷商[10]！曾是强御[11]，曾是掊克[12]。曾是在位[13]，曾是在服[14]。天降滔德[15]，女兴是力[16]。 文王曰咨，咨女殷商！而秉义类[17]，强御多怼[18]。流言以对[19]，寇攘式内[20]。侯作侯祝[21]，靡届靡究[22]。 文王曰咨，咨女殷商！女炰烋于中国[23]，敛怨以为德[24]。不明尔德[25]，时无背无侧[26]。尔德不明，以无陪无卿[27]。 文王曰咨，咨女殷商！天不湎尔以酒[28]，不义从式[29]。既愆尔止[30]，靡明靡晦。式号式呼[31]，俾昼作夜。 文王曰咨，咨女殷商！如蜩如螗[32]，如沸如羹[33]。 小大近丧[34]，人尚乎由行[35]。内奰于中国[36]，覃及鬼方[37]。 文王曰咨，咨女殷商！匪上帝不时[38]，殷不用旧[39]。虽无老成人[40]，尚有典刑[41]。曾是莫听[42]，大命以倾[43]。 文王曰咨，咨女殷商！人亦有言：颠沛之揭[44]，枝叶未有害，本实先拨[45]。殷鉴不远[46]，在夏后之世。

【注释】

①荡荡：本指大水奔流的样子，此指法度废弛。上帝：托指周王。②辟（bì）：君主：③疾威：暴虐。④命：政令。辟：通“僻”，邪僻。⑤

烝：众多。⑥谌（chén）：诚。匪谌：指命运无常不可信。⑦靡：无。⑧鲜：少。克：能。⑨咨：嗟叹声。⑩女：汝。⑪曾：乃。是：这样。强御：强盛威武。⑫掊克：聚敛，指搜刮人民的臣子。⑬在位：指处于统治地位。⑭服：事。在位是有职无权的官，在服是有职有权的官。⑮滔德：傲慢骄横。⑯女：汝，指不法之臣。兴：助长。力：勤，努力。⑰而：通“尔”，你。秉：操持，任用。义类：善类。⑱怼：怨恨。⑲流言：谣言。⑳寇攘：盗窃国家资财。式：以，因此。内：入。㉑侯：有。作：借为“诅”。祝：通“咒”。诅咒：祈求鬼神加祸于敌对的人。㉒届：尽。究：穷。㉓炰烋（páo xiāo）：亦作“咆哮”，怒吼。㉔敛：聚集。怨：指凶暴怨怒者。㉕不明：没有知人之明，不辨善恶。㉖时：是，此。㉗陪：辅佐。卿：卿大夫。㉘湎：沉溺于酒。㉙从：跟从。式：任用。㉚愆：过失，错误。止：举止行为。㉛式：助词。㉜蜩（tiáo）：蝉。螗：蝉的一种，亦名蝘。㉝羹：菜汤。㉞小大：指大小事。丧：失败。㉟人：指厉王。由行：照老样子做。㊱奰（bì）：怒。㊲覃：延。鬼方：远方。㊳时：是，善。㊴旧：指旧的典章制度。㊵老成人：旧臣，意指诗人自己。㊶典刑：法规。㊷曾：乃、可是。是：这些。指上面所说的话。㊸大命：国家的命运。㊹颠沛：跌倒，这里指被拔倒的树木。揭：高举，指树木倒地后根部翻出。㊺拨：“败”的假借字。㊻鉴：同“镜”。

【译文】

上帝至大又至公，他是下民的君王。上帝贪心又暴虐，政令邪僻太反常。上天生养众百姓，命运多变难确定。万事开头讲得好，很少能有够有善终。　文王开口叹声长，叹你殷商末代王。多少凶暴强横贼，敲骨吸髓又贪赃，窃据高位享厚禄，有权有势太猖狂。天降这些不法臣，助长国王逞强梁。　文王开口叹声长，叹你殷商末代王。你任善良以职位，凶暴奸臣心怏怏。面进谗言来诽谤，强横窃据朝廷上。诅咒贤臣害忠良，没完没了造祸殃。　文王开口叹声长，叹你殷商末代王。跋扈天下太狂妄，却把恶人当忠良。知人之明你没有，你的身旁无贤人。知人之明你没有，不知公卿谁能当。　文王开口叹声长，叹你殷商末代王。上天未让你酗酒，也未让你用匪帮。礼节举止全不顾，没日没夜灌黄汤。狂呼乱叫不像样，日夜颠倒政事荒。　文王开口叹声长，叹你殷商末代王。百姓悲叹如蝉鸣，恰如落进沸水汤。大小事儿都不济，你却还是老模样。全国人民怒气生，怒火蔓延到远方　。文王开口叹声长，叹你殷商末代王。不是上帝心不好，是你不守旧规章。虽然身边没老臣，还有成法可依傍。这样不听人劝告，命将转移国将亡。　文王开口叹声长，叹你殷商末代王。古人有话不可忘："大树拔倒根出土，枝叶虽然暂不伤，树根已坏难久长。"殷商教训子并不远，应知夏桀啥下场。

【解析】

这是一首借古讽今的政治讽刺诗。第一章直责上帝轻狂乖戾，给民众立下了坏榜样，正像《毛传》所说的："上帝，以托君王也。"指责的实际是人间的帝王。其余七章则借周文王的口，表面上指责商纣王的强横乖戾、信佞嫉贤、不修德行、沉溺酒色、政治混乱、不循旧章而终于亡国灭身，实际上条条都是针对周而发的。诗的结尾："殷鉴不远，在夏后之世。"

点明了题旨，说明诗是要借古讽今，以史为鉴。此诗对周王室充满惋惜之情，严厉而委婉，极富感染力。

颂

阳光阅读

YANGGUANG YUEDU DIANCANGBAN

典藏系列

阅读改变人生

周 颂

清 庙

於穆清庙①，肃雍显相②。济济多士，秉文之德。对越在天，骏奔走在庙。不显不承③，无射于人斯④。

【注释】

①於（wū），赞叹词。穆：美。庙：肃然清静之庙。②肃雍：态度严肃雍容。显：高贵显赫。相：助祭的公侯。③不：通“丕”，发语词。显：光明。承：继承。④无射（yì）：不厌。

【译文】

啊，清静的宗庙多壮美，诸侯们恭恭敬敬来陪祭。执事的人们威仪整齐，把文王高尚的品德来保持。为报答文王在天上的神灵，大家迅疾奔走在庙里忙祭祀。多光明啊，多壮美，人们的仰慕之情永无穷。

【解析】

这是一篇在清庙祭祀周文王的乐歌。颂文王德业，却从清庙、显相、多士着笔，末以“无射”咏叹之，是善用烘托之手法。

维天之命

维天之命，於穆不已[①]。於乎不显[②]，文王之德之纯！假以溢我[③]，我其收之。骏惠我文王，曾孙笃之[④]。

【注释】

①於（wū）:赞叹词。②於乎：呜呼，赞叹词。不显：即大显，光明显赫。③假：嘉，善。指仁政。溢：通“谧”，安宁。④曾孙：自孙以下均称曾孙。笃：厚，即笃行的省略，专心诚意地实行。

【译文】

想那天道的运行，美好肃穆永不停。啊，多么辉煌多么光明，文王道德多么纯净！美好的东西使我安宁。我们永远要继承。顺着文王的大道，子子孙孙发扬光大它。

【解析】

这是一首祭祀周文王的诗。诗把对上天的赞颂与对文王的赞颂浑成一体，表达了对文王的无尽仰慕之情，要求继承者永远循着文王的道路走下去。

维 清

维清缉熙[①]，文王之典[②]。肇禋，迄用有成，维周之祯。

【注释】

①维：语首助词。清：清明。缉熙：光明的样子。②典：典章制度。

【译文】

政治清明而光明，因为有文王的法典。从开始祭祀，到大功告成，都是周朝的喜庆。

【解析】

这是一首祭祀周文王的诗。主要赞颂他下定了讨伐殷商的决心，终使周朝得以建立。《诗序》《郑笺》都说这首诗是配合“象舞”演唱的。

臣工之什

臣 工

嗟嗟臣工[①]，敬尔在公[②]。王釐尔成[③]，来咨来茹[④]。嗟嗟保介[⑤]，维莫之春[⑥]，亦又何求[⑦]，如何新畬[⑧]。於皇来牟[⑨]，将受厥明[⑩]。明昭上帝[⑪]，迄用康年[⑫]。命我众人[⑬]：庤乃钱镈[⑭]，奄观铚艾[⑮]。

【注释】

①嗟嗟：叹词。臣工：即臣官，指诸侯卿大夫。②敬：慎。尔：指群臣百官。在公：指公职。③王：指周王。釐：嘉奖。成：成法，指耕种的成法。④来：是。咨：商量、询问。茹：慰。⑤保介：田官，亦称田畯。⑥维：是。莫：同“暮”。⑦亦：助词。⑧畬（yú）：开垦了三年的熟田。⑨於：赞叹词。皇：美好。指麦穗壮实饱满。来牟：小麦大麦。⑩厥：其、它的。明：成，指收成。⑪明昭：光明显赫。⑫迄：至。用：以。康年：乐岁丰年。⑬众人：指农人。⑭庤（zhì）：储备。乃：你。钱（jiǎn）：古农具名，似今之铁锹。镈（bó）：锄类农具。⑮奄：同。铚（zhì）：短镰。艾：刈的假借字，收割。

【译文】

群臣百官听我言，对待公事要谨严。周王奖赏你的功，来此慰劳并查询。农官你要忠职守，暮春农事应早筹。你们还有啥要求，新田旧田如何种。大麦小麦长得好，秋来定能获丰收。光明上帝真灵验，一直赐我丰收年。就该命令众农夫，备全锄锹等农具，同看收割的情景。

【解析】

这是周王耕种籍田并劝诫农官的诗。籍田，古代吉礼的一种。每年春天，周王要带领群臣亲自耕种（当然只是象征性的），之后还须祀农业之神社稷，以示重视农业。

潜

猗与漆沮①，潜有多鱼②。有鳣有鲔③，鲦鲿鰋鲤④。以享以祀，以介景福。

【注释】

①猗与：赞叹词。漆、沮：周二水名。②潜：放在水中供鱼栖息的柴堆。③鳣（zhān）：鳇鱼；鲔（wěi）：鲟鱼。④鲦：白条鱼。鲿：亦名黄颊鱼。鰋：又名鲶鱼，无鳞。

【译文】

美啊！漆水，沮水！深深水下鱼儿在栖息。鳣鱼水中游，鲟鱼在摆尾，还有白条鱼、鲿鱼、鲶鱼和鲤鱼。用来祭祀献祖先，求得福祉永无边。

【解析】

这是周王用鱼祭祀宗庙的乐歌。献鲜鱼于宗庙来祈福，是周人的常礼。

闵予小子之什

载芟

载芟载柞①，其耕泽泽②。千耦其耘③，徂隰徂畛④。侯主侯伯⑤，侯亚侯旅⑥，侯彊侯以⑦。有嗿其馌⑧，思媚其妇⑨，有依其士⑩。有略其耜⑪，俶载南亩⑫，播厥百谷，实函斯活⑬。驿驿其达⑭，有厌有杰⑮，厌厌其苗⑯，绵绵其麃⑰。载获济济，有实其积⑱，万亿及秭⑲。为酒为醴，烝畀祖妣⑳，以洽百礼。有飶其香㉑，邦家之光。有椒其馨㉒，胡考之宁㉓。匪且有且㉔，匪今斯今，振古如兹㉕。

【注释】

①载：开始。芟（shān）：除草。柞（zé）：砍伐树木。②泽泽（shì）：土松散的样子。③耦：二人并耕。④畛（zhěn）:田间小路。⑤侯：发语词。主：家长。伯：长子。⑥亚：次，指老二老三等。旅：众，指晚辈。⑦彊：指强壮有余力来助耕的人。以：雇佣的劳力，⑧嗿（tǎn）：众饮食声。⑨思：发语词。媚：赞美，喜悦。⑩依：爱。⑪略：形容犁头锋利。⑫俶：开始。载：事，指耕种。⑬实：种子。函：同“含”。斯活：即活活，有生气的样子。⑭驿驿：长势旺盛的样子。达：长出地面。⑮厌：形容苗之茁壮。杰：特出。⑯厌厌：禾苗茂盛整齐的样子。⑰

穮（biāo）：通“穮”，指禾穗上的芒，实指禾穗。⑱实：满。⑲亿：周代十万为亿。十亿为兆,十兆为京，十京为垓，十垓为秭。⑳烝：献。畀（bì）：给。㉑苾（bì）：形容黍稷的香气盛大。㉒椒：香气浓厚。馨：传播很远的香气。㉓胡考：寿考，指老年人。㉔且：此，指耕种。㉕振古：自古。

【译文】

铲草皮，砍大树，把那肥沃松散的土地耕。人们比肩在耕耘，到田里，到田埂。有家长，有老大，老二老三，众兄弟，有长工，有伙计。有饭大家吃得香，那个娘子多漂亮，那个汉子多强壮。那犁头呀多锐利，耕耘南边的田地。播种那百谷在田里，种子发芽有活力。幼苗冲出地面不断地长，绿油油的苗儿多茁壮。大片的苗儿真整齐，仔细耐心地锄草。收获谷物真多呀，一堆一堆的谷子堆在场上，万呀亿呀数不完。酿清酒呀酿甜酒，献给祖宗来享受，祭祀的礼仪多又多。饭呀味道香喷喷，是我们宗周的荣光。椒酒味道醇，老人增安宁。不是这儿才这样，不是今天才这样，自古以来都这样。

【解析】

这是周王春天籍田时祭祀社稷的乐歌。从内容上看，此诗叙述了从耕耘到收获的全过程：从天子百官籍田，耕地播种，写到禾苗成熟，丰收祭祖。整篇诗句整齐，用韵和谐，描写生动细致，有较高的艺术成就。

鲁颂

有驳

有駜有駜[①]，駜彼乘黄[②]。夙夜在公，在公明明[③]。振振鹭[④]，鹭于下[⑤]。鼓咽咽[⑥]，醉言舞[⑦]。于胥乐兮[⑧]！有駜有駜，駜彼乘牡。夙夜在公，在公饮酒。振振鹭，鹭于飞。鼓咽咽，醉言归。于胥乐兮！有駜有駜，駜彼乘駽[⑨]。夙夜在公，在公载燕[⑩]。自今以始[⑪]，岁其有[⑫]。君子有榖[⑬]，诒孙子[⑭]。于胥乐兮！

【注释】

①駜（bì）：马肥壮力强的样子。②乘黄：四匹黄马。③明明："勉勉"的假借。④振振：鸟群飞的样子。鹭：鹭鸶，古人用它的羽毛作舞衣。⑤于：同"曰"，语助词。⑥咽咽（yuān）：有节奏的鼓声。⑦言：语助词。⑧于：发声词。胥：皆，都。⑨駽（xuān）：铁青色的马。⑩载：则、就。燕：通"宴"。⑪以：同"而"。⑫有：丰收。⑬君子：指僖公。榖：善。⑭诒：留给。

【译文】

多肥壮，多肥壮，拉车的肥黄马。起早贪黑为公家，为了公事勤勉又努力。鹭手持鹭羽同起舞，有如白鹭向下翔。鼓声咚咚有节奏，醉呀起舞步斜疏。啊！大家多快乐呀。多肥壮，多肥壮，拉车的肥公马。早早晚晚为公家，为了公事来饮酒。手持鹭羽同起舞，如同白鹭空中翔。鼓声咚咚有节奏，不醉呀不言归。啊！大家多快乐呀。多肥壮，多肥壮，拉车的铁青马。早早晚晚为公家，为了公事去赴宴。从现在就开始，年年大丰收。国君为民做好事，留给子孙万年康。啊！大家多快乐呀。

【解析】

这是一首歌颂鲁国君臣勤于政事的诗。诗中说鲁国的大臣们“夙夜在公”，甚至吃喝、娱乐都在办公地点。诗用肥马、白鹭来比喻他们的有力能负重、洁白无瑕疵。正因为有这样一批臣子，才使鲁国“自今以始，岁其有”“君子有穀，诒孙子”。也有人说这首诗只是鲁国君臣宴饮的乐歌，表达了喜庆丰收、宴饮欢乐、君臣醉舞的情景。

閟宫

閟宫有侐①，实实枚枚②。赫赫姜嫄③，其德不回④。上帝是依⑤，无灾无害。弥月不迟⑥，是生后稷。降之百福：黍稷重穋⑦，稙稚菽麦⑧。奄有下国⑨，俾民稼穑⑩。有稷有黍，有稻有秬⑪。奄有下土，缵禹之绪⑫。后稷之孙⑬，实为大王⑭。居岐之阳⑮，实始翦商⑯。至于文武⑰，缵大王之绪。致天之届⑱，于牧之野⑲。无贰无虞，上帝临女。敦商之旅⑳，克咸厥功。王曰叔父㉑，建尔元子㉒，俾侯于鲁。大启尔宇，为周室辅。

乃命鲁公，俾侯于东。锡之山川，土田附庸[23]。周公之孙，庄公之子[24]。龙骄承祀，六辔耳耳[25]。春秋匪解，享祀不忒[26]。皇皇后帝，皇祖后稷。享以骍牺[27]，是飨是宜。降福孔多，周公皇祖，亦其福女。　秋而载尝[28]，夏而楅衡[29]。白牡骍刚[30]，牺尊将将[31]。毛炰胾羹[32]，笾豆大房[33]。万舞洋洋[34]，孝孙有庆。俾尔炽而昌，俾尔寿而臧。保彼东方，鲁邦是常。不亏不崩，不震不腾。三寿作朋[35]，如冈如陵。　公车千乘，朱英绿縢[36]，二矛重弓[37]。公徒三万，贝胄朱绶[38]，烝徒增增[39]。戎狄是膺，荆舒是惩，则莫我敢承。俾尔昌而炽，俾尔寿而富。黄发台背[40]，寿胥与试。俾尔昌而大，俾尔耆而艾[41]。万有千岁，眉寿无有害。　泰山岩岩[42]，鲁邦所詹。奄有龟蒙[43]，遂荒大东。至于海邦，淮夷来同[44]。莫不率从，鲁侯之功。　保有凫绎[45]，遂荒徐宅[46]。至于海邦，淮夷蛮貊[47]。及彼南夷，莫不率从。莫敢不诺，鲁侯是若。　天锡公纯嘏，眉寿保鲁。居常与许[48]，复周公之宇。鲁侯燕喜，令妻寿母。宜大夫庶士，邦国是有。既多受祉，黄发儿齿[49]。　徂徕之松[50]，新甫之柏[51]，是断是度，是寻是尺。松桷有舄[52]，路寝孔硕[53]，新庙奕奕[54]。奚斯所作[55]，孔曼且硕，万民是若[56]。

【注释】

①闷（bì）：神秘的宫殿，指祭祀后稷母亲姜嫄的庙。侐（xù）：清静。②实实：广大。③赫赫：显耀貌。④回：邪僻。⑤依：依靠。⑥弥月：满月，指十月怀胎期满生子。⑦重：先种后熟的。穋（lù）：后种先熟的。⑧稙（zhí）：先种的庄稼。穉（zhì）：后种的庄稼。菽（shū）：大

豆。⑨奄有：全有。下国：天下的国家。⑩俾（bǐ）：使。⑪秬（jù）：黑黍。⑫缵（zuǎn）：继承。绪：事业。⑬孙：后代。⑭大王：太王，指古公亶父。⑮岐：岐山。阳：山的南面。⑯翦商：消灭商朝。⑰文武：文王武王。⑱致：奉行。届：通"殛"，罚。⑲牧：牧野，今河南淇县西南。⑳敦：同"屯"聚集。旅：军队。㉑王：周成王。叔父：指周公。㉒元子：长子。㉓附庸：附属国家。㉔庄公：鲁庄公。㉕耳耳：华丽貌。㉖不忒（tè）：没有差错。㉗骍（xīn）牺：赤色牛作牺牲。㉘载尝：始祭，指秋祭。㉙楅衡：指修牛栏。㉚骍刚：赤黄色的公牛。㉛牺尊：牛角杯。将将：杯撞击声。㉜毛炰（páo）：去毛烧熟的肉。胾（zì）：切块的肉。㉝大房：一种盛大大块肉的食器。㉞万舞：大规模的舞。洋洋：指场面宏大。㉟三寿：上寿百岁，中寿八十，下寿六十。朋：比并。㊱朱英：矛头饰的红缨。绿縢（téng）：束弓套的绿绳。㊲重弓：二弓。㊳朱绶（qīn）：红线。㊴烝：众。增增：众多貌。㊵台背：鲐背，像鲐背，指老人。㊶艾：五十以上称艾。㊷岩岩：山石高峻。㊸龟：龟山。蒙：蒙山，在山东蒙阴南。㊹同：会同，朝贡。㊺凫：凫山，在山东邹县西南。绎（yì）：峄山，在山东邹县东南。㊻徐宅：徐人居地。㊼貊（mò）：指少数民族。㊽许：许邑，在鲁西。㊾儿齿：老人齿落复生。㊿徂徕：山名，在山东泰安市东南。51新甫：山名，在山东新泰县西北。52松桷：松木椽子。舄（xì）：大。53路寝：庙堂正殿。孔硕：很高大。54奕奕：高大貌。55奚斯：鲁僖公大夫。56是若：是顺从。

【译文】

神秘的庙宇肃穆清静，宏深坚固少人踪。显赫光辉的姜嫄，她的德行光明又纯正。上帝依凭她身上，怀孕生子无灾病，满足十月生产不迟，是生下后稷的。天降赐她百福，黍稷先种后熟和后种先熟，有先种后种的大豆小麦。拥有天下的各国，使人民都种庄稼。有黍有稷，有稻有秬，拥有天下的土地，继承夏禹的业绩。　后稷子孙，这就是太王，住在岐山的南面，谋划开始灭商。到了文王武王，继承太王的事业，执行上天的讨伐，在牧的原野。没有二心没有疑虑，上帝亲自看你。消灭商朝的兵力，能够共同建功业。周王说：叔父，建立您长子的事业，使他在鲁国做侯，大力开发您的侯国，做周朝辅助的事业。　于是任命伯禽鲁公，使侯国建立在东。赐给他山川，赐他土田做附庸。周公的孙子，鲁庄公的儿子，龙旂承接祭祀，六根辔头柔和下垂。一年四季不懈怠，供献祭祀不差错。伟大的天帝，伟大祖先后稷，祭献用红牛做牺牲，请享用祭祀。天降的福既多，周公祖先的祭祀，也赐福给您。　秋天开始行祭尝，夏天修理牛棚，白公牛和赤公牛为祭品。牛角杯相撞声锵锵，去毛烧熟和切块烧羹，装满盘碗和几案，场面盛大跳万舞。孝的子孙有吉祥，使您兴旺而昌盛，使您长寿而康强！保护那个东方，鲁国江山要久常。不会亏损不会崩，不会震荡不飞腾。年龄与三寿相比，像山陵像山冈。鲁公兵车有千辆，矛有红缨有绿绳，有二矛二弓。鲁公兵有三万人，甲胄上有红线，众徒密密层层。戎狄来要抵抗，楚国舒国必戒惩，没有谁敢来相敌。使您昌盛而兴旺，使您长寿而富庶！生了黄发有鲐背，寿星相与来做事。使您昌盛而壮大，使您高寿而年轻！活上一万又千岁，虽寿而无灾病。　泰山石头高峻，鲁国人所仰望。拥有了龟山蒙山，遂扩弃到极东。至于海上的邦国，淮夷来会同。没有不相率来从，都是鲁侯的功。　保有凫山绎山，遂扩充到徐人居处。至于海上各邦，淮夷和南蛮北貊，以及南夷各邦，没有不相率服从。没有敢不从，都把鲁侯来顺从。　天赐鲁公大福，长寿保全鲁国士子。居住常邑和许邑，恢复周公的土址。鲁侯设宴庆贺，有寿母和好的妻子，也宴饮大夫众士。拥有这个好国家，既多受天赐福祉，使他生出黄发儿齿。　徂徕山上的松，新甫山上的柏，是砍下是剖开，是几寻是几尺。松树做椽子粗又长，庙堂正殿很高大。新庙神采飞扬，奚斯作此诗；长篇巨制气势壮，万民赞赏好文章。

【解析】

这是一首歌颂鲁僖公的诗。作者是鲁僖公大夫公子奚斯(子鱼)。诗中极尽歌功颂德之能事，史事、实事与夸张、想象错综其间。诗从追述僖公始祖开始，从后稷出生历数到武王灭商、成王始封周公长子于鲁，乃至僖公即位；接着便吹捧僖公如何承祖业，抗戎狄，伐荆舒，降淮夷，收复失土，扩大疆域，修建宗庙，乃至如何得到群臣耆老的拥戴，等等；再加上反复祝福，洋洋洒洒一百二十句，成为《诗经》中最长的诗篇。

商　颂

那

猗与那与[①]，置我鞉鼓[②]。奏鼓简简[③]，衎我烈祖[④]。汤孙奏假[⑤]，绥我思成[⑥]。鞉鼓渊渊[⑦]，嘒嘒管声[⑧]。既和且平，依我磬声[⑨]。於赫汤孙！穆穆厥声[⑩]。庸鼓有斁[⑪]，万舞有奕。我有嘉客，亦不夷怿[⑫]。自古在昔，先民有作。温恭朝夕，执事有恪[⑬]，顾予烝尝[⑭]，汤孙之将[⑮]。

【注释】

①猗、那（nuó）：形容乐队美盛的样子。与：通“欤”，美叹词。②置：通“植”，竖立。鞉（táo）鼓：一种摇鼓，似今之拨浪鼓。③简简：鼓声。④衎（kàn）：欢乐。⑤汤孙：商汤的子孙，此指宋襄公。奏假：进言祷告。⑥绥：赠予。思成：所思之事成，指祖神来临。⑦渊渊：鼓声。⑧嘒嘒：吹管的声音。管：用大竹制成的一种吹奏乐器。⑨磬：玉制打击乐器、古乐队以磬声止众乐。⑩穆穆：美好的样子。⑪庸：通“镛”，大钟。斁（yì）：乐器声音盛大的样子。⑫夷：通“怡”。夷怿：喜悦。⑬执事：办事人员。恪（kè）：恭敬。⑭顾：光顾。烝：冬祭。尝：秋祭。⑮将：奉献。

【译文】

乐队盛大真好看啊！摇鼓已经架起来。敲起鼓来咚咚咚，娱乐我功烈的先祖。成汤子孙齐祷告，保佑我们成功。鼓声激越，管声清亮。又协调呀又平和，按照磐声奏与停。啊！显赫的汤孙，他的声音温和庄重。钟鼓齐响场面大，万舞姿态多从容。我的那些好客人，无不脸上喜洋洋。在过去，在以前，先人勤劳把功建。温和恭敬早和晚，谨慎肃穆又恭敬。神灵光临秋冬祭，汤孙奉上那祭品。

【解析】

《毛诗序》说："《那》，祀成汤也。"郑玄说诗中提到的"烈祖"指的就是成汤。从诗的文字看，主要篇幅是描写祭祀时的音乐和舞蹈的。诗的格式模仿《周颂》的不分章，语言则接近《鲁颂》，遣词、用韵都比较成熟，乃至华丽。

烈祖

嗟嗟烈祖，有秩斯祜①。申锡无疆②，及尔斯所③。既载清酤④，赉我思成。亦有和羹⑤，既戒既平⑥。鬷假无言⑦，时靡有争。绥我眉寿⑧，黄耇无疆。约軧错衡⑨，八鸾鸧鸧⑩。以假以享⑪，我受命溥将⑫。自天降康，丰年穰穰。来假来飨，降福无疆。顾予烝尝，汤孙之将。

【注释】

①有秩：犹“秩秩”，大貌。祜：福。②申：重、又。锡：赐。③斯所：此处。指宋的国土。④载：陈设。酤：酒。⑤和羹：调制好的汤。⑥戒：完备，指和羹必备五味。平：成，指合标准。⑦鬷：同“奏”。奏假：祭祷。⑧绥：赐予。⑨约：束、缠。軧（qí）：车毂。错：花纹。衡：车辕前端的横木。⑩鸾：车铃。鸧鸧（qiāng）：铃声。⑪假：通“格”，祭者上祭于神。享：祭。⑫溥将：广大。

【译文】

伟大啊！功烈的先祖，洪福大大没有数。福呀一再降下来，至今恩泽仍丰足。摆好那清酒向你敬，赐我好运把功劳成。还有调和的汤肴，五味平和又适中。默默祈祷无言语，祭祀清静无人吵。赐给我长寿，长寿永无疆。红毂车儿花车衡，八只铃儿响叮当。请神呀，敬神呀，我受天命自浩荡。上天降下福禄和安康，年年丰收多米粮。神光临，神来享，赐我洪福无限量。秋冬祭祀请神享，汤孙把那祭品来献上。

【解析】

和《那》相似，这也是宋襄公的祭祖诗。所祭之祖，有说是成汤，有说是中宗。

玄　鸟

天命玄鸟[1]，降而生商[2],宅殷土芒芒[3]。古帝命武汤[4]，正域彼四方[5]。方命厥后[6]，奄有九有[7]。商之先后，受命不殆，在武丁孙子[8]。武丁孙子，武王靡不胜[9]。龙旂十乘，大糦是承[10]。邦畿千里[11]，维民所止[12]。肇域彼四海[13]，四海来假[14]，来假祁祁。景员维河[15]，殷受命咸宜，百禄是何[16]。

【注释】

①玄鸟：燕子。燕色黑，故名玄鸟。②商：指商的始祖契。传说有娀氏之女吞燕卵而怀孕生契。③宅：居住。芒芒：即“茫茫”。④古：从前。帝：上帝。武汤：成汤自号为武王。⑤正：治。域：封疆。⑥方：通“旁”，普遍的意思。后：君，指四方诸侯。⑦奄：包括。九有：假借为“九域”，即九州，代指天下。⑧武丁孙子：孙子武丁的倒文。⑨胜：胜任。⑩糦：同“饎”，酒食。承：供奉。⑪邦：假借为“封”。⑫止：居。⑬肇：始。⑭假：通“格”，至。⑮景：景山，在河南商丘，古称亳，商都城，员：周围。⑯何（hè）：通“荷”，担负。

【译文】

上天命令燕子降，燕降人世来建商，殷商住地宽又广。天帝命成汤，征服疆域管四方。方施号令各国诸侯，九州之地尽归商。殷商的先君，勤勉配天命，先君孙子是武丁。先君孙子是武丁，成汤大业他继承。十辆马车龙旗飘，供奉酒食来祭祀。殷商疆域上千里，这是百姓居住地，四海之内商管辖。四方夷狄来朝拜，络绎不绝来又去。黄河围绕在殷地，殷受天命多适合，承受百福由天赐。

【解析】

这首诗当是祭祀殷高宗武丁的诗。诗里写了商始祖契诞生的传说，并歌颂了成汤立国和武丁中兴的光辉业绩。

长 发

濬哲维商①，长发其祥②。洪水芒芒，禹敷下土方③。外大国是疆④，幅陨既长⑤。有娀方将⑥，帝立子生商⑦。　玄王桓拨⑧，受小国是达⑨，受大国是达。率履不越⑩，遂视既发⑪。相土烈烈⑫，海外有截⑬。　帝命不违，至于汤齐⑭。汤降不迟，圣敬日跻⑮。昭假迟迟⑯，上帝是祇⑰。帝命式于九围⑱。　受小球大球⑲，为下国缀旒⑳，何天之休㉑。不竞不絿㉒，不刚不柔，敷政优优㉓，百禄是遒㉔。　受小共大共㉕，为下国骏厖㉖，何天之龙。敷奏其勇㉗。不震不动，不戁不竦㉘，百禄是总㉙。武王载旆㉚，有虔秉钺㉛。如火烈烈，则莫我敢曷㉜。苞有三蘖㉝，莫遂莫达㉞。九有有截㉟，韦顾既伐㊱，昆吾夏桀㊲。　昔在中叶㊳，有震且业㊴。允也天子，降予卿士㊵。实维阿衡㊶，实左右商王。

【注释】

①濬：明智。②发：兴发。③敷：治理的意思。方：四方。④大国：指夏。外大国：指夏朝统治区域之外。⑤幅陨：今作幅员，疆域。长：广大。⑥娀（sōng）：上古国名。将：大。⑦帝：上帝。子：指有娀氏国的女子简狄。商：指契。⑧玄王：契。桓：威武。拨：明的意思。⑨达：通达，顺利。指契能通其教令于民。⑩率：循。履：假借为“礼”。⑪视：视察。⑫相土：契的孙子。烈烈：威武的样子。⑬有截：即截截，整齐的样子。⑭齐：齐一、一样。⑮圣：聪明智慧。日跻：天天向上。⑯昭假（gé）：虔诚祈祷。迟迟：长久的样子。⑰祗：敬。⑱式：法式、榜样。九围：即九域，九州。⑲球：圆玉。⑳缀旒：表率、榜样的意思。㉑何：通“荷”。休：指美誉。㉒絿：急躁。㉓优优：宽和的样子。㉔遒（qiú）：聚。㉕共：指图法。㉖骏厖（máng）：覆庇保护的意思。㉗敷奏：施展。㉘戁（nǎn）、竦：恐惧。㉙总：聚。㉚载：始。㉛有虔：即“虔虔”，形容将士强武如虎之貌。钺（yuè）：大斧：㉜曷：通“遏”，阻止。㉝苞：树的本，指夏桀。蘖（niè）：树的枝，指韦、顾、昆吾这三个夏的属国。㉞遂、达：都是形容草木生长的样子。㉟九有：九州。㊱韦：夏的属国。顾：夏的属国，在今河南范县东南顾城。㊲昆吾：夏的属国，在今河南许昌东。夏桀：夏代末代君主，名癸，恃勇暴虐，荒淫无度，被成汤所灭。㊳叶：世。中叶：中世，指汤的时候。㊴震：振兴。业：功业。㊵降予：天赐与。卿士：官名。这里指伊尹，汤的大臣，名挚。㊶阿衡：伊尹的号。

【译文】

大哲睿智是我商，长久兴旺永吉祥。洪水白茫茫，大禹治水定四方，拓宽夏朝的边疆。幅员从此很宽广，有娀氏女正青春，上帝立子创殷商。

商契威武又英明，接受小国认真治理，成为大国政令通利。遵循礼制不越轨，遍加视察令尽行。契孙相土很威武，海外同心来归附。 天帝之命不违背，到了成汤王业成。汤王降生生逢时，圣明恭敬日上进。虔诚祈祷不歇息，一心敬奉那上苍，上天命他做九州的榜样。 接受大美玉和小美玉，为各邦国作典范。承受上天的美德，既不竞争也不急求，不必刚硬不必柔，广施政令很宽和，百样福气聚成团。接受大玉璧和小玉璧，把各邦国来庇护。感谢天赐我荣宠，大施英明和神勇。不震惊、不摇动，不胆怯、不惶恐，百般福气聚成团。 汤王兵车龙旗扬，手执大斧兵坚固。好比烈火熊熊烧，夏后不敢把我来阻止。一棵树干有三个杈，叫它们不生又不长，整治九州不混乱。韦、顾二国都被诛，昆吾夏桀也臣服。 过去中期国兴盛，建功立业有威力。汤为天子多英明，天降卿士与贤臣。卿士良臣是伊尹，辅佐汤王成功业。

【解析】

这首诗对商的始祖契、契孙相土、开国君成汤及其相伊尹进行了歌颂，尤其是歌颂了成汤灭夏桀、建立商朝的光辉业绩，亦可视为商民族史诗。

殷 武

挞彼殷武[1]，奋伐荊楚[2]。罙入其阻[3]，裒荆之旅[4]。有截其所[5]，汤孙之绪[6]。 维女荆楚，居国南乡。昔有成汤，自彼氐羌[7]，莫敢不来享，莫敢不来王[8]，曰商是常[9]。 天命多辟[10]，设都于禹之绩。岁事来辟[11]，勿予祸适[12]，稼穑匪解。 天命降监，下民有严。不僭不滥，不敢怠遑。命于下国，封建厥福。 商邑翼翼[13]，四方之极。赫赫厥声，濯濯厥灵[14]。寿考且宁，以保我后生。 陟彼景山[15]，松柏丸丸[16]。是断是迁，方斫是虔[17]。松桷有梴[18]，旅楹有闲[19]，寝成孔安[20]。

【注释】

①挞：勇武貌。殷武：殷王武丁。②荆楚：荆州的楚国。③罙："深"的本字。阻：险要处。④裒（póu）：俘虏。⑤截：齐一貌。⑥汤孙：汤的后代，指武丁。绪：业绩。⑦氐羌：古代西北的两个游牧部落。⑧来王：来朝见。⑨常：尊崇。⑩多辟：多君，指诸侯。⑪来辟：犹来朝。⑫祸适：指谴责。⑬翼翼：严正繁盛貌。⑭濯濯：指光明。⑮景山：在商故都西亳（bó），今河南偃师县。⑯丸丸：圆而直。⑰斫（zhuó）：砍。虔：削。⑱松桷：松树作椽子。梴（chān）：木长貌。⑲旅楹：柱子很多。有闲：即"闲闲"，指屋柱子粗壮。⑳寝：寝庙，祭祖先的庙。

【译文】

勇武是那殷商武丁，奋起讨伐荆楚。深入楚国的险阻，俘获了楚军，整治了楚国的疆土，汤的后代业绩树。只有你们荆楚，住在我国的南乡。从前有成汤，就算那远方的氐羌，没有敢不来进贡，没有敢不来朝见王，只把大商来尊尚。上天命令诸侯，设立都城在禹的治水处。年年从事来朝，就不给加以谴责，庄稼不可懈怠田役。　上天命令他向下监察，天下人民敬畏他威严。不敢越礼，不敢放纵，不敢暇怠。殷王施令于天下国家，分封立国赐他们福禄有光。　商朝都邑整饬，是四方侯国的表率。威赫的声望天下闻，耀耀光明显威灵。神赐他长寿而且安宁，来保佑后代永昌盛。　登上那景山，松柏挺拔正直。砍下运回到京城，斫削成材宜于用。松树椽子长又大，多多的柱子高高擎，寝庙落成神安享。

【解析】

这是祭祀商王的诗。《诗序》认为此诗所祭的是商高宗武丁。《孔疏》解释说："高宗前世，殷道中衰，宫室不修，荆楚背叛。高宗有德，中兴殷道，伐荆楚，修宫室。既崩之后，子孙美之，追述其功，而歌此诗也。"清以后，很多学者则认为此诗是歌颂宋君的(魏源认为是桓公，高亨认为是武公，王静芝认为是襄公)。理由是武丁无伐荆楚的事，且《商颂》都是宋人所作，而僖公四年宋曾与齐、鲁联军伐楚，与诗中所述暗合。我们认为，歌颂宋君说并不能落实，比照前四篇，仍以祭商王说较为稳妥。

阳光阅读

YANGGUANG YUEDU
DIANCANGBAN

典藏系列

阅读改变人生